Das geheime Logbuch, das magnetische Mädchen und eine fast brillante Erfindung

Simon van der Geest

Das geheime Logbuch, das magnetische Mädchen und eine fast brillante Erfindung

Mit Bildern von Kerstin Meyer

Thienemann

Der Gugelhupf

Sand staubt mir in die Augen. Zusammen mit anderen Besuchern gehe ich auf der Insel über den Strand, links und rechts von uns ein paar Aufseher. Vor den hohen Mauern bleiben wir stehen. Es ist ein rundes Gebäude aus Beton. Sie nennen es den Gugelhupf, weil es einem solchen Kuchen ähnlich sieht. Ich finde eher, dass es aussieht wie eine Klopapierrolle.

Die Stahltüren des Tors schieben sich rasselnd hoch. Die Aufseher führen uns hinein und die Türen schließen sich wieder mit einem schweren Plopp.

Schweigend gehen wir zum Besucherraum. An kahlen Wänden vorbei, über Steintreppen, durch lange Gänge.

Es ist das dritte Mal, dass ich hier bin. Zweimal mit Papa. Heute allein.

Fast hat man mich auf der Fähre hierher nicht mitfahren lassen, weil kein Erwachsener bei mir war. Ich habe aber gesagt, dass Papa krank ist, und dann war der Fährmann einverstanden.

Papa ist nicht wirklich krank. Er sagt selbst: Ich schaffe es nicht, Mama so zu sehen, in ihrer Gefängniskluft und so. Ohne Mama ist Papa durcheinander. Er wird eine Art Fahrrad ohne Lenker. Damit kann man nicht viel anfangen.

Im Besucherraum stehen weiße Plastikstühle und Tische, und in den Ecken stehen vier Gefängniswärterinnen; Frauen in dunkelblauen Uniformen mit ineinanderverschränkten Armen. Ich setze mich an ein Tischchen in der Ecke.

Draußen hört man den Wind rauschen, sonst ist es fast still.

Ein Tischchen weiter sitzt eine Frau mit einem Mädchen auf dem Schoß. Dahinter ein großer Junge, der nervös auf seinen Fingerknöcheln herumkaut.

Eine Stahltür wird aufgeschoben, und eine nach der anderen kommen die Gefangenen herein. Alles Mädchen und Frauen in gelben Overalls. Sie strömen zu den Tischen hin, zu den Freunden, Vätern oder Kindern, zu denen sie gehören.

Aber Mama sehe ich nirgends. Ich stehe auf, um nach ihr Ausschau zu halten. Eine Wärterin mit einem weißen Pickel auf dem Kinn bedeutet mir mit einer Handbewegung, dass ich sitzen bleiben soll. (Der Pickel sieht aus wie eine Seepocke.)

Die Stahltür geht wieder zu und mein Tisch bleibt leer.

Ein komisches Gefühl im Bauch. Etwas stimmt nicht.

Die Wärterin mit der Seepocke kommt auf mich zu.

»Zu wem willst du?«, fragt sie leise.

»Zu meiner Mutter.«

Die Seepocke seufzt tief. »Und die heißt ...?«

»Mosterd. Sara Mosterd.«

Sie nickt. »Sie hat Dienst.«

»Was heißt das?«

»Putzdienst. Sie muss die Duschen putzen.«

»Aber es ist Besuchszeit!«

»Tja.« Sie lächelt. Als hätte sie Mitleid. »Ich hoffe für dich, dass sie sich beeilt.«

Ich springe auf. »Wo sind die Duschen? Ich kann ihr helfen.«

Die Wärterin lacht laut, mit dem Kopf nach hinten. Ich starre auf die Seepocke an ihrem Kinn und warte. Als sie sich beruhigt, schaut sie mich kopfschüttelnd an. »Sie ist bestimmt gleich fertig. Es ist doch ihr Beruf, das Putzen, oder?«

»Sie ist eigentlich Polarforscherin«, murmele ich, aber die Frau hört nicht mehr zu. Mama hat nur als Putzfrau gearbeitet, weil es für Polarforscher fast keine Jobs gibt.

Die Stahltür ist immer noch geschlossen. Darüber hängt eine Uhr. Die Zeiger kriechen langsam weiter und verschlucken die kostbaren Minuten der Besuchsstunde. (Es passt überhaupt nicht, dass man es hier Besuchsstunde nennt, es ist nur eine Besuchshalbestunde.)

Ich betrachte die anderen Tische um mich herum. Der große Junge hält die Hände seines Mädchens und schaut sie an, als wolle er sie nie mehr loslassen. Ein paar Tische weiter schlägt ein alter Mann mit der Faust fest auf den Tisch, die Frau gegenüber legt ihre Hand auf seine Faust.

Ich warte. Die Tür bleibt zu, die Uhr tickt weiter.

Und dann, nach einer Ewigkeit, wird die Tür aufgeschoben.

Und da steht sie.

Die Haare kleben ihr an der Stirn und ihre Knie sind nass und sie breitet die Arme aus und ich renne los und springe in ihre Umarmung und halte sie fest. Ich drücke meine Nase in ihren Overall, sie riecht nach Chlor, nach Chlor und nach Mama-Schweiß und ich wünsche mir, ich hätte einen Knopf, um die Zeit anzuhalten, um diesen Moment einzufrieren.

»Diese Mistviecher«, flüstert sie zwischen den Zähnen hindurch.

Sie macht sich los und legt die Hände auf meine Schultern. Ihre Augen glänzen. Sie ist nur ein bisschen größer, und wenn ich mich auf die Zehenspitzen stelle, sind wir gleich groß. Sie schaut über meine Schulter in den Raum. »Wo ist Papa?«

Ich schüttle den Kopf. »Er hat es nicht geschafft. Aber ich soll dir liebe Grüße ausrichten. Und das da.« Ich gebe ihr einen Kuss.

»Gib ihm einen Kuss zurück«, sagt sie. »Und einen Tritt in den Hintern.«

Ich senke die Augen und nicke.

Sie kneift mich in die Schultern. »Kopf hoch, Ro ...«

Wir setzen uns, und sie fragt mir Löcher in den Bauch, über die Schule, über Papa, über Archie und unsere Erfindungen, wir reden über alles Mögliche. (Nur nicht über den Diebstahl, denn darüber haben wir schon so oft gesprochen, und wir wissen auch, dass wir alles schon versucht haben, und wenn man unschuldig im Gefängnis sitzt, hilft es kein bisschen, immer nur zu sagen, wie ungerecht das ist.) Wir sitzen erst ein paar Minuten zusammen, da geht der Summer schon los. UHHHNG! Ein Geräusch, das einem von den Ohren über den Nacken nach unten schießt, ein Geräusch, das einen aufspringen lässt, ob man will oder nicht.

Mama nimmt meine Hände.

Stühle scharren. Die Gefangenen stellen sich in einer Reihe auf.

»Anschließen, Mosterd! Nach draußen!«, ruft eine Wärterin.

Mama steht auf und umarmt mich. »Durchhalten, Ro«, sagt sie schniefend.

Und dann schiebt die Wärterin sie hinten in die Reihe und aus dem Raum hinaus. Ich schaue ihr nach, bis sich die Stahltür summend schließt.

Auf der Fähre zurück stelle ich mich auf das Hinterdeck und schaue hinüber zur Insel, bis ich sie nicht mehr sehen kann. Dann ist das Meer wieder grau und groß. Ganz kurz bilde ich mir ein, einen Seehund zu sehen, doch dann ist es nur eine Plastiktüte. Zwei Wochen noch. Dann ist wieder Besuchsstunde.

Magnetische Störung

Sechs Wochen und fünf Tage sitzt Mama jetzt schon im Gugelhupf. Siebenundvierzig Tage. In der Schule habe ich nur gesagt, dass sie auf See ist, dass sie auf einem Schiff arbeitet und eine lange Reise vor sich hat. Es ist eine halbe Lüge, denn dass sie auf See ist, stimmt ja. In der Klasse weiß niemand, was wirklich los ist, außer Archie natürlich. Aber sonst niemand. Und so soll es auch bleiben.

Es ist Montagmorgen und wir sitzen im Kreis. Neben mir sitzt Archie. Ich schaue niemanden an. Das ist natürlich Blödsinn, aber jedes Mal wenn ich zu Besuch im Gefängnis war, habe ich Angst, dass man es mir ansieht. Dass sie Fragen stellen. Oder dass mich vielleicht jemand auf der Fähre gesehen hat.

Heute Morgen ist die Klasse stiller als sonst. Da und dort kichert jemand. Wie von selbst fangen meine Wangen an zu glühen. Vorsichtig schaue ich hoch.

Keiner achtet auf mich. Sie starren jemand anderen an. Ein neues Mädchen. Sie hat eine dunkle Haut und tausend Löckchen auf dem Kopf. Grinsend schaut sie in die neugierigen Augen. Sie hat eine Zahnspange.

Sie ist gerade hier hergezogen, erzählt sie, in die Nähe

des Hafens, denn ihr Vater arbeitet dort oder so, ich höre nur halb zu, denn Menno grinst mich an. Das tut er öfter, wenn er mal wieder einen dummen Streich ausheckt, aber jetzt glitzert etwas in seinen Augen, von dem ich Juckreiz bekomme.

Als die kleine Pause anfängt, zischt Archie mir ins Ohr: »Dringlichkeitsberatung ... in fünfundzwanzig Sekunden.«

Vierundzwanzig Sekunden später stehen wir an unserem festen Platz, hinten im Fahrradschuppen.

»Hast du es auch?«, flüstert er.

»Was?«

»Dass dir schwindelig ist und so.«

Ich runzle die Stirn. »Was meinst du?«

Archie nimmt meine Hand und legt sie auf seine Brust. »Fühlst du das? Geht viel zu schnell. Und meine Rechengehirnhälfte fällt dauernd aus, ich kann nicht mehr zusammenzählen. Es muss etwas mit einem starken magnetischen Feld sein. Genau wie wenn ich mit meiner Drohne zu nahe an einen Elektrizitätsmast komme, dann fängt sie auch an zu knattern, wegen der magnetischen Störung.«

»Oh ja! So etwas sagt meine Mutter auch: Als sie am Nordpol war, haben ihre Apparate angefangen zu stottern. Das war auch irgendwas Magnetisches.«

»Siehst du!«, zischt Archie. »Und ich weiß auch, woher dieses Magnetfeld kommt: von dem neuen Mädchen.«

»Hä?«

»Ja«, erklärt Archie. »Seit sie ins Klassenzimmer gekommen ist, habe ich diese Störung. Es ist, als wäre sie selbst ein Magnet, meine Augen flitzen die ganze Zeit in ihre Richtung, ich kann es nicht ändern. Ihre Zahnspange, ob es das ist? Dass ihre Zahnspange magnetisch ist? Oder nein, es sind eher ihre Augen ...«

Ich unterbreche ihn. »Das kann ich mir nicht vorstellen. Vielleicht hast du das Gleiche, was die Mädchen aus der sechsten Klasse haben.« Ich werfe einen Blick auf ein Grüppchen Kichermädchen auf der anderen Seite des Fahrradschuppens.

»So ein Lachen, bei dem man sich nicht mehr einkriegt?«, fragt Archie.

»Nein, wie heißt es ... Verliebtsein.«

»Oh.«

Er blinzelt. »Ist das nicht sehr kompliziert?«

Ich zucke mit den Schultern. »Ich hab's noch nie gehabt.«

»Aber wird man wieder gesund?«

Eines der Kichermädchen biegt sich vor Lachen. Die anderen müssen ihr hochhelfen. Archie starrt voller Abscheu zu ihnen hin.

»Ich fürchte nicht«, murmele ich.

Archie packt mich an den Schultern. »Kann man wirklich nichts daran ändern?«

»Na, habt ihr ein heimliches Date im Fahrradschuppen?« Es ist Menno. Mit den Händen auf dem Rücken grinst er uns aus einer gewissen Entfernung an. Archie lässt mich sofort los.

»Ach«, sagt Menno und schlendert auf Archie zu. »Ich habe eigentlich gedacht, dass du nicht mehr auf Jungen stehst, als ich gesehen habe, wie du Lela angestarrt hast.«

Archie fällt in sich zusammen wie eine Plastiktüte in einer Kerzenflamme.

Ich mache einen Schritt nach vorn. »Und warum beobachtest du ihn so genau, Herr Detektiv?«

Mennos Grinsen erstarrt. (Sein Vater ist bei der Polizei, und Menno glaubt, dass er sich deshalb überall einmischen darf. Manchmal läuft er mit den Händen auf dem Rücken herum, als wäre er der Sheriff vom Schulhof.)

Er stellt sich dicht vor mich. Seine Nase berührt fast meine. »Es hat viel für sich, Augen und Ohren aufzuhalten, Ro«, flüstert er. »So spüre ich einen Haufen interessante Dinge über meine Klassenkameraden auf ...«

Es ist, als wäre die Temperatur mit einem Schlag um zehn Grad gefallen.

»Viel Erfolg mit Lela«, sagt er zu Archie und schlägt ihm fest auf die Schulter.

»Lass die Finger von ihm«, schnauze ich.

Menno formt mit seinen Lippen ein »o« und geht grinsend zurück.

Schuld in die Schuhe schieben

Ich habe was in den Schuhen. Ich stehe an der Küchentür und will sie anziehen, um in die Schule zu gehen, aber da ist was drin. Vier Batterien.

Ich fische sie heraus. »Pap?«

»Ach, da waren sie.« Papa nimmt sie und verschwindet im Wohnzimmer. »Viel Spaß in der Schule.«

»Ich gehe nicht in die Schule«, sage ich und seufze. »Heute gehen wir zum ...« Aber er bekommt es schon nicht mehr mit. Ich höre schon die Klänge von seiner Playstation.

Wir machen eine Exkursion zum Museum für Fast Brillante Erfindungen. Das ist das Museum, in dem meine Mutter geputzt hat. Und in dem Direktor Dubbelman der Chef ist, der meine Mutter nicht leiden kann. Und mich auch nicht.

Ich zwänge die Füße in die Schuhe. Ich habe keine Lust. Das liegt an dem Direktor. Nicht an dem Museum, das ist irre gut. Obwohl meine Mutter dort gearbeitet hat, bin ich erst einmal dort gewesen. Mama hatte oft gefragt, ob sie mich mitbringen dürfe, aber der Direktor sagte, dann müsse ich eine Eintrittskarte kaufen. Das fand meine Mutter lächerlich.

Eines Abends, als der Direktor nicht da war, hat sie mich heimlich hineingelassen, als es schon geschlossen war. Draußen war es dunkel, und wir hatten das ganze Museum für uns allein. Mama hat mir alle Säle gezeigt, wir schlichen uns hinein und rannten kichernd durch die Gänge. Wir lachten über den Dampfdudelsack, machten Unterwasserfotos in der Wasser-Passfoto-Ecke und zogen Fratzen in den Anti-Morgen-Laune-Spiegeln.

Aber am Tag darauf kam sie wütend nach Hause; der Direktor war doch dahintergekommen. (In der Wasser-Passfoto-Ecke lagen noch Fotos von uns ...)

»Dreitausend Euro!«, schimpfte sie, während sie aus ihren Sportschuhen schlüpfte. »Dreitausend Euro Schadensersatz soll ich ausspucken!« Der Dampfdudelsack war umgefallen und beschädigt, und wir bekamen die Schuld dafür, weil wir heimlich im Museum gewesen waren. Dabei hatten wir den Dudelsack kaum angerührt! Trotzdem musste sie den Schaden bezahlen, von ihrem Lohn. Das heißt, sie musste ein paar Monate für nichts arbeiten. Bis sie den Apparat abbezahlt hatte. Ich glaube nicht, dass der Dudelsack so viel wert gewesen ist, ich glaube, der Direktor hat sich das nur ausgedacht.

Von da an ging Mama missmutig zur Arbeit und kam missmutig nach Hause. Ich machte Pläne, um es dem Direktor heimzuzahlen, aber es klappte nicht. Es waren keine schönen Wochen, an die ich lieber nicht denke.

Es ist eigentlich schade, dass man keine Energie aus der Bosheit der Menschen gewinnen kann. Wenn man das ganze Maulen und Zähneknirschen und Fäusteballen und Türenschlagen in Elektrizität umwandeln könnte, hätten wir für ein paar Wochen Gratisstrom gehabt. Mindestens. Dann hätte sie nicht die ganze Zeit für nichts gearbeitet.

Der Direktor beobachtete sie weiterhin genau. Wenn sie beim Putzen auch nur einen kleinen Fleck vergessen hatte, bekam sie sofort was zu hören. Nichts machte sie ihm recht. »Er versucht mich loszuwerden«, sagte sie manchmal. Und das ist ihm schließlich auch gelungen.

Im Museum wurde eingebrochen. Aus einer Vitrine wurde irgendein altes Logbuch gestohlen. Man fand einen Ohrring. Und wer bekam die Schuld?

Es war tatsächlich Mamas Ohrring, aber das heißt ja nichts. Sie hat dort jeden Tag geputzt, da ist es nicht so seltsam, wenn man mal einen Ohrring verliert. Das Fenster war nachts eingeschlagen worden, es gab Fußspuren zur Vitrine. Das habe ich selbst gesehen. Archie wohnt gegenüber, und wir haben mit seinem Teleskop hineingespäht. Der Direktor war schon dabei, die Fußspuren wegzuwischen, aber wir konnten gerade noch die Zahlen darin sehen: Schuhgröße 48. Das sind Siebenmeilenstiefel. Mama hat Schuhgröße 38.

Und jetzt besuchen wir das Museum mit der Klasse. Was ist, wenn ich den Direktor treffe? Was, wenn er auf mich deutet und sagt: »Das ist der Sohn von der Diebin!« Was, wenn es die ganze Klasse hört?

Vielleicht sollte ich lieber zu Hause bleiben.

Aber ich habe Archie versprochen mitzukommen. Er

freut sich sehr auf das Museum. Er möchte später auch Erfinder werden.

Ich ziehe meine Jacke an und gehe hinaus, in den Garten.

Unseren Garten könnte man besser einen Dschungel nennen. Einen Dschungel aus Eisen und Plastik. Zwischen den Zäunen liegen meterhoch Grillgeräte, elektrische Spielzeugboote, Aufklapptische, Mikrowellen, Minipalmen, Siebe, Rennbahnen, ein Orangenpressapparat, ein Schlangenterrarium ohne Schlange, Trockner, verrostete Mopeds, ein leckes Segelboot, und ganz oben steht eine Jacuzzibadewanne mit einem Riss.

Mein Vater arbeitet beim Wertstoffhof. Das ist so ein Platz mit Containern und Behältern, wo sich Autos immer drängeln, bis ihre Kofferräume ausgeräumt sind. Jeden Tag kommt mein Vater mit irgendwelchen »hübschen Sachen« nach Hause.

»Das musst du dir anschauen! Hier. Funktioniert noch prima. Braucht nur einen neuen Schalter.«

»Aber Pap, wir haben doch schon vier Staubsauger.«

»Nicht so einen schönen blauen, oder?«

Und so geht es jeden Tag.

Als Mama noch zu Hause war, durfte Papa seine Sachen nur im Schuppen aufheben. Aber seit sie fort ist, überwuchern sie den Garten.

Ich finde das nicht schlimm. Man entdeckt immer wieder hübsche Sachen, die einen auf neue Ideen bringen. Mit Archie kann ich stundenlang in diesem Dschungel herumhängen. Dann machen wir zum Beispiel Jagd auf schöne Lämpchen oder Schalter. Einmal haben wir einen großen Deckenventilator gefunden, und daraus haben wir uns ein Propellerfahrrad gebaut.

Ich bücke mich und tauche in den Apparatendschungel. Da ist gerade noch ein Tunnelweg zum Gartentor frei. Ich schlage mir lose Schnüre und Drähte aus dem Gesicht und steige über einen Berg Tastaturen.

Vor ein paar Wochen kam Papa plötzlich mit einer Playstation an, die jemand weggeworfen hatte. »Schau nur. Die braucht nur einen neuen Stecker!« Als er sie zum Laufen gebracht hatte, konnte er nicht mehr mit dem Spielen aufhören. Das war, nicht lange nachdem Mama ins Gefängnis musste.

Er ist fast in Ohnmacht gefallen, als sie meine Mutter verurteilten. Neun Monate hat sie bekommen. Das ist ein Dreivierteljahr.

Wir haben alles versucht. Aber der Direktor konnte einen teuren Anwalt bezahlen und wir nicht. Auch nicht mit all meinem Gesparten.

Ein einziger Ohrring. Und Fußspuren, die zehn Größen zu groß sind. Trotzdem musste sie ins Gefängnis.

Dank Direktor Dubbelman.

DUBBELMAN

Man kommt nicht um ihn herum. Mitten in der Halle wartet er auf unsere Klasse. Direktor Dubbelman. Mit seiner Doppelbrille. (Eine von seinen eigenen Erfindungen.)

»Willkommen in meinem Museum für Fast Brillante Erfindungen!« Er breitet die Arme weit aus, als wolle er uns alle dreißig umarmen. Ich verstecke mich ein bisschen hinter Archies Rücken.

»Mein Museum ist der Stolz der Stadt, nein, was sage ich, des Landes! Und das schon seit zwanzig Jahren! Das einzige Museum der Niederlande mit 127 einzigartigen Erfindungen. Das sieht man sonst nirgends!« Er reibt sich die Hände und schaut sich um, ob wir auch ausreichend beeindruckt sind. »Ich sage immer: Man kann alles durch zwei Brillen betrachten ...« Er tippt sanft gegen seine Doppelbrille, die eine halbe Drehung macht, und starrt uns streng durch seine Lesebrille an. »Man sieht es sofort: Das sind 127 misslungene Erfindungen, aber ...« Und noch einmal tippt er gegen seine Brille, und sie landet wie als normale Brille auf seiner Nase. »Ihr könnt es auch als Fast Brillante Erfindungen betrachten. Eine nach der anderen Erfindungen, die um Haaresbreite genial sind! Es kommt nur darauf an, wie man sie betrachtet. Was ist nun schöner?«

Die Klasse kichert. Triumphierend blickt sich der Direktor um.

»Es ist vielleicht überflüssig zu sagen, aber ...« Er geht auf Lela zu, die sich mit einer Hand gegen einem Pfeiler stützt. Mit einer eleganten Bewegung wischt er Lelas Arm vom Pfeiler, sodass sie fast umfällt. »Finger weg von allen Sachen.«

Böse klopft Lela ihren Ärmel ab. Keiner lacht mehr.

Aus einer Seitentür kommt ein großer Mann. »Das ist euer Führer«, sagt Direktor Dubbelman.

Es ist Rufus, ich habe ihn schon ein paarmal gesehen, er hat Mama ab und zu nach Hause gebracht. Er hat rostrote Haare, die er immer mit Gel nach hinten kämmt. Lächelnd schaut er uns mit seinen großen blauen Augen an. »Hallo«, sagt er und zwinkert mir leicht zu.

»Er beantwortet alle eure Fragen«, sagt der Direktor grinsend und schlägt Rufus fest auf die Schulter. »Sonst könnt ihr euch bei mir beschweren.«

Rufus reibt seine Schulter. »Also, dann kommt mal mit.«

Während die Klasse hinter Rufus her an der Kasse vorbeiläuft, mustert uns der Direktor einen nach dem anderen. Ich und die Lehrerin sind die Letzten.

»Ho«, murmelt der Direktor. Mit einem Puff dreht er seine Brille wieder um und betrachtet mich genau durch die Gläser. »Der junge Herr Mosterd? So, so ...«

»Gibt es ein Problem?«, fragt unsere Lehrerin.

»Aber nein«, sagt er lächelnd. »Solange Sie diesen Jungen gut im Auge behalten ...«

Schnell laufe ich in die Halle, wo die Klasse wartet. Ich stelle mich gleich neben Archie und versuche, die fragenden Blicke zu übersehen.

»He, Ro«, sagt Menno grinsend. »Was war das?«

Hätte ich mich doch krankgemeldet.

DIE FÜHRUNG

»Mein Name ist Rufus Arion, aber ihr könnt mich einfach Rufus nennen, oder Ruf«, sagt der Führer.

Ich bin froh, dass jetzt keiner mehr zu mir schaut, sondern zu ihm.

»Wir beginnen hier«, sagt er. Wir betreten einen Saal mit einem großen Schild über der Tür:

FAST BRILLANTE GEBRAUCHSGEGENSTÄNDE

Im Saal stehen Sockel und Vitrinen mit seltsamen Gegenständen. Dinge, die rasseln und wackeln. Dinge, die Dampfwölkchen aushusten. Dinge, die knirschen und knittern. Der Klasse fallen die Augen raus.

Wie von selbst fange ich an zu grinsen. Es ist, als würden die Apparate mit ihrem Gesumme und Gezische ein seltsames Gefühl in meinem Bauch bewirken. Ich bin schon mal hier gewesen, abends nach der Besuchszeit. Das kann keiner der anderen von sich sagen.

Rufus bleibt bei einer kleinen Vitrine mitten im Saal stehen. Neugierig drängt sich die Klasse um ihn.

»Hier seht ihr eine Erfindung des Erfinders Raffalini: die elektrische Spaghettigabel.« Rufus hebt sie vorsich-

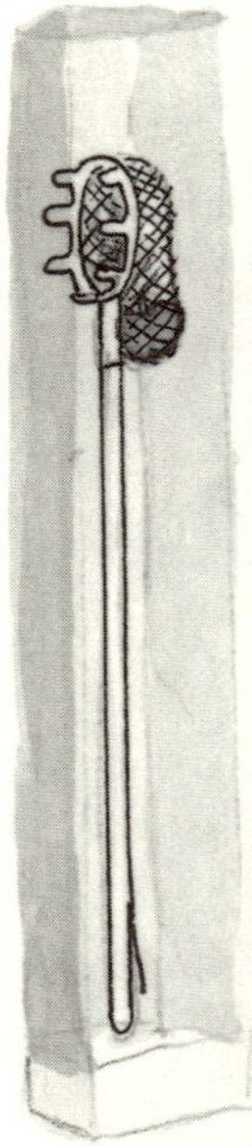

tig hoch. »Wenn ihr genau hinschaut, seht ihr auch noch ein paar Haare zwischen den Gabelzinken. Das sind Barthaare von Herrn Raffalini höchstpersönlich.«

»Funktioniert sie noch?«, fragt Roos.

»Ja, klar«, sagt Rufus. Er drückt auf einen Knopf und die Gabel dreht sich rasend schnell um die eigene Achse. Ein paar Haare fliegen durch die Luft. Nach zwei Sekunden hört die Gabel von sich aus auf. Zrrr.

»Hmmm.« Rufus legt die Gabel zurück. »Raffalini war noch nicht ganz zufrieden mit seiner Erfindung. Aber durch diese Gabel ist er auf die Idee mit dem elektrischen Spinnrad gekommen, und damit ist er sehr reich geworden.«

Er zeigt uns noch den Automatischen Nachfüll-Becher und den Apfelpflück-Arm, und dann gehen wir in den nächsten Saal.

ZUFÄLLIG GELUNGENE ERFINDUNGEN

»Das ist vielleicht mein Lieblingssaal«, sagt Rufus begeistert. »Hier gibt es nur Erfindungen, von denen die Erfinder nicht wussten, dass sie etwas erfinden würden.«

»Wie kann das sein?«, fragt Sharif.

»Erfinder sind oft jahrelang auf der Suche nach etwas, und manchmal stoßen sie dabei auf etwas ganz anderes. Zufällig! So wie das da.« Rufus deutet auf eine Vitrine. Unsere Lehrerin beugt sich über das Glas und stößt einen Schrei aus. Sofort drängen sich alle um die Vitrine. »Eklig!«, rufen ein paar Kinder, und »igitt!«.

Ich stelle mich auf die Zehenspitzen und sehe eine Art Batterie mit Drähten zu zwei grünen, glibberigen Pfoten.

»Aber das sind ... abgehackte Froschschenkel!«, stößt Lela aus.

Rufus lächelt. »Keine Angst, die sind aus Plastik. Hier wird eine Erfindung von Luigi Galvani abgebildet. Dieser Wissenschaftler hatte in seinem Labor einen Frosch für ein Experiment seziert. Nachdem er fertig war, warf er die Froschschenkel zur Seite, zufällig neben einen Elektrisierapparat. Als sein Assistent die Schenkel kurz darauf mit einem Messer berührte, begannen sie zu treten! So hatten sie zufällig entdeckt, wie Muskeln auf Elektrizität reagieren.«

»Ich habe auch zufällig etwas entdeckt«, flüstert mir Menno ins Ohr. Er hat sich dicht hinter mich gestellt. »Etwas, von dem ich nicht wusste, dass ich es wissen wollte.« Meine Nackenhaare richten sich auf.

DIE LEERE VITRINE

Rufus geht voraus. »Die Blütezeit der Erfindungen war um 1900. Damals wurde eine wichtige Erfindung nach der anderen gemacht, zum Beispiel das Telefon, das Flugzeug, die Taschenlampe und der Büstenhalter. Wenn man damals berühmt werden wollte, hat man nicht gesungen oder einen Hit komponiert, sondern irgendetwas erfunden. Also wimmelte es nur so von Erfindern. Die Menschen glaubten, sie könnten mit klugen Erfindungen alles erreichen, was sie wollten; fliegen, unter Wasser fahren oder ...«, Rufus bleibt vor zwei hohen Türen stehen, »... den Nordpol erreichen.« Er drückt die Türen auf, ein blaues Licht strahlt ihm entgegen. Er geht hinein.

SALOMON AUGUST ANDRÉE-SAAL

Die Klasse strömt ihm nach, aber ich bleibe stehen. Das ist der Saal, in den eingebrochen wurde. Hier lag das Logbuch.

Archie schiebt den Kopf um die Ecke. »Wo bleibst du eigent...« Sobald er mich sieht, kapiert er es schon.

»Steht dort eine leere Vitrine?«, frage ich flüsternd.

Archie wirft einen Blick über die Schulter und nickt. »Im Glas ist ein Loch. Und es ist mit einem rot-weißen Band zugeklebt.«

Ich seufze. Im Saal hören wir Rufus reden.

»Vielleicht erzählt er ja, dass das Logbuch gestohlen wurde«, flüstert Archie. »Aber es weiß doch fast keiner, dass deine Mutter …«

»Psst«, zische ich. »Genau. Fast keiner.«

Ich hole tief Luft. Und dann gehen wir hinein.

Meine Augen müssen sich erst an das blaue Licht gewöhnen. Mitten im Saal hängt ein halber Ballon. Ein kräftiger Korb ist mit Seilen an dem halben Ballon befestigt, der in der Decke verschwindet. Unter dem Korb steht ein altes Holzboot auf Skiern. Ansonsten gibt es noch ein paar Vitrinen mit kupfernen Instrumenten und zerrissenen Kleidungsstücken und Stiefeln.

Rufus steht mit den anderen vor dem Luftballon. »Hat jemand von euch je etwas von Salomon August Andrée gehört?«, fragt er.

Alle schweigen.

»Salomon war ein berühmter Erfinder, Entdecker und Ballonfahrer«, erklärt Rufus. »Er war ein stolzer Mann mit einem großen Schnurrbart. Eine seiner fast Brillanten Erfindungen waren die sogenannten Schleppleinen.« Er deutet auf die Taue, die unten am Korb hängen. »Wie ihr vielleicht wisst, kann man einen Ballon eigentlich nicht steuern. Man fliegt, wohin der Wind einen weht, das ist alles. Aber mit diesen Schleppleinen und diesem Segel ...«, er zeigt auf ein Segel, das zwischen dem Korb und dem Ballon hängt, »hatte er eine Technik entwickelt, mit der er seinen Ballon dennoch steuern konnte. Er ließ den größten Ballon bauen, den es je gegeben hatte, und wollte damit zu einem Ort fliegen, an dem noch nie jemand gewesen war: zum Nordpol.«

Menno lacht. »Mit einem Ballon? Das ist doch viel zu weit!«

»Das haben damals viele gesagt«, bestätigt Rufus. »Der Ballon müsste dreißig Tage in der Luft bleiben, und viele Leute dachten, das könnte nicht gelingen. Aber er setzte es durch, er hatte keine Angst. Es war zu schön, um es nicht auszuprobieren. Der König von Schweden fand den Plan nicht schlecht und gab einen Haufen Geld. Andrée fand zwei Expeditionsmitglieder, die mit ihm fahren wollten. Sie sollten sehr berühmt werden. Schaut mal.« Er zeigt auf eine vergilbte Zeitung an der Wand. Auf der Titelseite befindet sich ein großes Foto von drei Männern im Korb eines Ballons.

»Er fuhr mit seinem Team nach Spitzbergen, eine der nördlichsten Inseln, die man mit einem Schiff erreichen konnte. Dort wurde der Ballon mit Gas gefüllt, und sie warteten auf einen günstigen Wind. Ein Wind, der sie in den Norden blasen würde. Am 11. Juli 1897 wurden sie sehr früh morgens geweckt: Der Wind stand gut. Die drei Männer kletterten in den Korb und stiegen auf. Sie winkten zum Abschied, und das war das Letzte, was man von ihnen gesehen hat.«

Die Klasse bestürmt Rufus mit Fragen.

»Wo sind sie geblieben?«

»Waren sie tot?«

»Erfroren?«

»Immer nur einer auf einmal«, sagt Rufus.

»Haben sie den Nordpol erreicht?«, fragt Sharif.

Rufus seufzt. »Leider nicht.«

»Hab ich doch gesagt«, sagt Menno höhnisch.

»Trotzdem hatten sie fast fünfhundert Kilometer zurückgelegt. Doch unterwegs sind die Schleppleinen gerissen, deshalb konnten sie nicht mehr steuern. Und weil die feuchte Luft am Ballon festfror, wurde er viel zu schwer. Der Ballon musste auf dem Eis notlanden.«

Rufus geht zur Wand, an der ein großes Foto des gerade notgelandeten Ballons hängt. »Danach mussten sie zwischen Eisschollen und unwirtlichen Schneefeldern ums Überleben kämpfen. Zum Glück hatten sie drei Schlitten, ein Zelt und sehr viele Konserven dabei. Sie luden die Sachen auf die Schlitten und machten sich auf den harten Marsch über das Eis, auf der Suche nach dem Festland. Auf der Suche nach Rettung.

Es war ein Marsch mit vielen Schwierigkeiten. Die Kälte. Das grelle Sonnenlicht. Krankheiten. Und natürlich ...« Er deutet auf etwas hinter uns, und wir drehen uns um. Ein paar Kinder weichen erschrocken zurück. In einer Nische steht ein lebensgroßer ausgestopfter Eisbär mit weit aufgerissenem Maul.

Rufus geht zu einem anderen Foto von zwei Männern, die Schlitten über das Eis ziehen. Wir nähern uns immer mehr der leeren Vitrine. Es scheint auch stets kälter zu werden.

»Es sah nicht gut aus für sie«, fährt Rufus fort. »Sie kamen kaum vorwärts, denn die Schlitten fuhren sich im Schnee immer wieder fest. Die Männer wussten, dass ihre Chance, gerettet zu werden, sehr gering war.

Trotz aller Gefahren hörte Salomon nicht auf, alles zu untersuchen und zu vermessen. Er war und blieb Erfinder und Entdecker, bis in die Schnurrbartspitzen. Er machte Zeichnungen und schrieb alles auf: die Dicke vom Eis, den Sonnenstand, den Fund eines besonderen Vogels. Die beiden anderen Männer verstanden das nicht. ›Man weiß ja nie‹, sagte er dann. ›Vielleicht entdecke ich ja etwas ganz Wertvolles.‹

›Aber wer wird deine Entdeckungen je lesen?‹, fragten sie. ›Vielleicht werden wir ja nie gefunden. Vielleicht erfrieren wir und verschwinden unter einer dicken Schicht aus Eis und Schnee.‹ Aber Salomon wollte nichts davon hören. Jemand, so hoffte er, würde das, was er aufschrieb, finden. Irgendwann einmal.«

Alle sind mucksmäuschenstill. Rufus geht zu einer Ecke des Saals, die Klasse folgt ihm. Ich stelle mich neben Archie.

»Einen Monat nach ihrer Abfahrt hatte man noch nichts von ihnen gehört. Zwei Monate später auch nicht.«

»Konnten sie nicht einfach anrufen?«, fragt Mark.

Menno stöhnt.

»Sie hatten damals noch keine Handys, Mark«, erklärt die Lehrerin.

»So ist es«, sagt Rufus. »Ein paar Jahre lang sind Suchtrupps losgezogen, aber die Männer blieben unauffindbar. Erst dreißig Jahre später entdeckte ein Schiff, das zufällig an einer Insel vorbeifuhr, die Reste von einem Zelt und drei Schlitten. Und die drei Männer. Sie sahen aus wie tiefgefrorene Mumien.«

Rufus stellt sich neben die leere Vitrine. Ich halte die Luft an.

Er deutet auf eine andere Vitrine. »Zwischen all ihren Sachen fanden sie auch eine Kamera mit drei Filmrollen. Deshalb haben wir diese Fotos. Und zum Glück fand man auch Salomons Logbuch.«

Ein Schauer lief mir über den Rücken.

»In diesem Logbuch war die ganze Reise ausführlich beschrieben, mit all seinen Berechnungen und Zeichnungen. Es müssen auch besondere Erfindungen drinstehen, aber leider war nicht mehr alles gut zu lesen. Einige Seiten waren völlig kaputt, und niemand kann aus seinem letzten winzigen Gekritzel schlau werden.«

Rufus will weitergehen, aber Menno hebt schnell den Finger.

»Und das Logbuch«, sagt er, »lag doch bestimmt in dieser leeren Vitrine.«

Es ist, als würde sich der Fußboden von einem Moment auf den anderen in Eis verwandeln. In spiegelglattes Eis.

»Eh ... ja«, antwortet Rufus.

»Und wo ist es jetzt?«, fragt Menno.

»Das ist ...«, sagt Rufus und wirft einen schnellen Blick zur Seite, zu mir. »Es ist weg. Umständehalber.«

»Umständehalber?«, wiederholt Menno. »Was für Umstände?« Er schaut nicht mehr zu Rufus, er schaut zu mir. Er weiß es. Er weiß es und reibt es mir unter die Nase.

Rufus zögert. »Eh ...«

»Du bist doch für unsere Fragen zuständig, Rufus, oder nicht?«

»Das stimmt. Aber diese Frage tut nichts zur Sache.«

»Oh, dann werde ich mich gleich beim Direktor beschweren, dass unser Führer keine Fragen beantworten will.«

»Menno«, sagt die Lehrerin streng.

»Ich ... ich kann es schon erklären«, sagt Rufus. »Das Logbuch wurde gestohlen.«

Ein Schreck geht durch die Klasse.

»Siehst du, ich habe mir so was gedacht«, sagt Menno. Er geht zu der leeren Vitrine, die Hände auf dem Rücken. »Ich habe gehört, wie mein Vater etwas über einen Museumsdiebstahl gesagt hat. Er arbeitet bei der Polizei, weißt du.«

Ich halte mich an Archie fest.

»Gestohlen?«, sagt Roos. »Aber das ist echt schade für diesen Salomon! Sein Ballon ist abgestürzt, er hat den Nordpol nicht erreicht, er und seine Freunde sind erfroren. Und dann wird noch sein Logbuch geklaut. Hat er denn dann nicht alles umsonst aufgeschrieben?«

»Wenn ich die erfrorene Mumie von Salomon wäre, würde ich den Dieb vor Wut verfolgen«, sagt Sharif.

»Wer tut denn so was?«, ruft Mila.

»Nun, das weiß ich zufällig«, sagt Menno.

Das Eis unter meinen Füßen beginnt zu brechen. Knirschend und knackend.

Menno wartet, bis ihn alle anschauen. »Ich habe gehört, wie mein Vater den Namen des Museumsdiebs genannt hat.«

Das Eis schwankt, ich spüre meine Füße rutschen.

Die Lehrerin hebt die Hände. »Ich glaube nicht, dass das …«

»Wer denn?«, fragt Roos schnell.

»Sara Mosterd«, sagt Menno grinsend. »Ros Mutter.«

PLUMPS

Als würde ich durchs Eis fallen. Die ganze Klasse dreht den Kopf zu mir. Sogar die Lehrerin starrt mich an.

»Sie hat nichts gestohlen«, quetsche ich heraus. »Sie ist reingelegt worden ... Es war ein Trick. Sie hatte Streit mit dem Direktor und ... und ...« Alle starren mich an, als wäre ich ein armer kleiner Seehund. Sie glauben mir nicht. Natürlich nicht. Menno schaut sich triumphierend um, die Arme verschränkt.

Alle fangen an zu tuscheln.

»Eine Diebin!«

»Ros Mutter ist eine Diebin!«

»Und er hat gesagt, sie wäre auf See.«

»Er hat gelogen.«

»Seine Mutter ist im Knast ...«

Archie zieht mich am Arm. »Ro.«

Aber ich kann mich nicht bewegen.

Die Lehrerin geht auf Menno zu und packt ihn am Arm. »Menno Nagel. Du darfst später noch für ein Gespräch mit mir bleiben.«

Rufus bringt alle mit einer Handbewegung zum Schweigen. »Darf ich noch kurz ... So einfach ist das nicht. Sara ist zwar verurteilt worden ...« Durch die Klasse geht eine

Welle aus Ohs und Ahs. »... aber ich glaube nicht, dass sie schuldig ist. Die Beweise sind sehr dürftig. Sara war meine Kollegin, und ich kann mit Sicherheit sagen, dass sie eine grundehrliche, schwer arbeitende Frau ist. Was die Polizei behauptet, ist wirklich nicht immer wahr.«

Mennos Grinsen schrumpft zusammen.

»Die Museumsführung ist vorbei, ich danke euch herzlich«, sagt Rufus mit einer Handbewegung. »Der Ausgang ist dort.«

Die Klasse strömt aus dem Saal hinaus.

Archie und ich schauen ihnen nach.

Rufus kommt auf mich zu und legt mir eine Hand auf die Schulter. »Ich meine es ernst, Ro. Durchhalten. Lass dich nicht unterkriegen.«

Die Klasse steht draußen auf der Eingangstreppe. Menno sitzt an einer Säule und muss sich eine Strafpredigt von der Lehrerin anhören. Es herrscht lautes Stimmengewirr, aber sobald ich einen Schritt nach draußen mache, wird es still. Totenstill.

Roos schaut zu Boden. Thies betrachtet plötzlich höchst interessiert den Himmel. Sharif klappt der Mund auf, er starrt mich an, als wäre ich gerade mit einem Ufo gelandet. Alle haben Augen mit riesigen Fragezeichen.

Muss ich etwas sagen? Muss ich etwas erklären? Ihr sollt nicht glauben, dass sie eine Einbrecherin ist, sie ist einfach meine Mutter und sie ist unschuldig, aber die Polizei hört ihr nicht zu, warum sollten sie auch einer einfachen Putzfrau glauben? Oder ihrem zehnjährigen Sohn? Das sollte ich vielleicht sagen. Aber ich sage nichts. Ich senke den Blick zu meinen Füßen und gehe die Stufen hinunter, zwischen den anderen hindurch. Sie weichen zurück, als wäre ich … gefährlich. Als könnten sie sich an mir verbrennen.

Unten an der Straße wartet Archie auf mich. Er versucht zu lächeln, aber es ist, als wüssten seine Mundwinkel nicht mehr, in welche Richtung sie sich verziehen sollen. Ohne etwas zu sagen, steige ich aufs Rad und fahre los. Hinter mir schwillt das Stimmengewirr wieder an, laut wie ein Wasserfall.

Zu Hause

Ich werfe mein Fahrrad gegen den Zaun, mache das Gartentor auf und laufe gebückt durch den Tunnelweg. In der Küche lasse ich meine Tasche fallen. Aus dem Wohnzimmer klingt gehetzte Musik und eine Frauenstimme, die ab und zu »Oh« sagt. Und »Ah!«.

Papa sitzt auf dem Sofa, ein bisschen zusammengesunken. Ich sehe nur ein Stück Hinterkopf mit Mütze.

»He, Pap.«

Der Hinterkopf antwortet nicht. Papa spielt sein Lieblingsspiel. Eifrig drückt er auf die Knöpfe seines Controllers. Über den Bildschirm läuft ein Mädchen mit einem Gürtel voller Pistolen. Er ermutigt sie. »Los, Clara! Bücken!«

Ich stelle mich neben ihn. Er erschrickt.

»He, Ro! Wie war's in der Schule?« Clara läuft inzwischen über einen Eisenbahnwaggon.

»Ich war nicht in der Schule, wir waren im Museum.«

»Oh, schön!« Clara springt vom Waggon und tritt einen Zombie um.

»Na ja. Nur der Anfang war schön.«

Pap schweigt. Clara rennt weiter über die Gleise.

»Menno hat es rausgekriegt.« Meine Stimme klingt dick.

Clara zieht zwei Pistolen.

»Er hat es gesagt. Vor der ganzen Klasse.«

Eine Gruppe Zombies kommt auf Clara zu. Sie schießt.

»Jetzt wissen es also alle.«

Papa hämmert eifrig auf die Knöpfe und Clara schießt und schießt.

»Pap?« Ich lege eine Hand auf seinen Arm.

Er zieht ihn weg. »Nur noch ganz kurz. Ich bin mitten in einem schwierigen Level.«

Meine Hand ballt sich zur Faust. Raus. Ich muss dringend raus.

Durch die Küche, durch den Dschungel, zu meinem Fahrrad. Ich will gerade losfahren, da höre ich hinter einem Zaun Stimmen. Es ist Roos aus meiner Klasse, und ihre Mutter.

»... hat Menno heute gesagt, bei der Exkursion«, sagt Roos.

»Deswegen haben wir Sara schon so lange nicht gesehen«, sagt ihre Mutter. »Das ist bestimmt nicht leicht für Ro.«

»Nein.«

»Der arme Junge. Dass seine Mutter ihn so im Stich lässt ...«

Bumm.

Eine Bombe in mir drin.

Zu Archie

Ich rase durch die Straßen, auf dem Weg zu Archie. Ich trete die Pedale rasend schnell, mein Blut kocht, bestimmt kommt Dampf aus meinen Ohren. Es ist nicht fair, nicht fair, klopft es in meinem Kopf. Meine Mutter lässt mich nicht im Stich. Und ich sie auch nicht. Sie muss da raus. Wenn niemand ihr helfen will, muss ich es tun. Ich, Ro Mosterd, werde sie befreien. Mein ganzer Körper schreit danach. Mein Kopf, mein Herz, meine Fäuste ... Wenn ich es nicht tue, ersticke ich.

Archies Mutter macht mir auf. »Ro! Wie schön«, sagt sie. »Sie sind oben.«

Ich hänge meine Jacke an die Garderobe und renne die Treppe hinauf, aber auf halbem Weg halte ich inne. Hat sie »sie« gesagt?

Vor Archies Zimmer bleibe ich stehen. Ich fühle mein Herz klopfen. Hinter der Tür höre ich Archie sprechen. Dann ein Klicken und zwei scharfe Pfeiftöne: der Ballonpfeifalarm. Unser Ballonpfeifalarm.

Und dann ein Lachen. Ein unbekanntes Lachen.

Ich stoße die Tür auf.

Es ist Lela, die Neue. Lela mit den tausend Löckchen. Sie

steht neben Archie am Schreibtisch und lacht, dass man ihre Zahnspange sieht.

Archie wird rot. »Ro!«

»Das ist unser Alarm«, sage ich.

»Ja ...«

»Ich habe gedacht, das bleibt unser Geheimnis.«

»Aber ... es ist Lela«, stottert Archie, »und Lela ...«

»... kann zufällig Geheimnisse für sich behalten«, sagt Lela. »Wenn sie will.«

Sie verschränkt die Arme ineinander und starrt mich böse an. Von ihrem Lachen ist nichts mehr übrig.

Archie schaut zu Lela, dann zu mir und wieder zu Lela.

»Dringlichkeitsberatung, Archie«, sage ich. »Jetzt.«

»Kann es nicht ein bisschen warten? Lela ist gerade da und ...«

»Nein.« Meine Stimme schwankt. Ich schlucke, aber es hilft nichts, meine Augen werden nass und ich sehe Archie zu einem verschwommenen Fleck zusammenschmelzen.

»Oh ...«, sagt der Fleck.

Ich drehe mich um, fliehe hinaus auf den Gang und ins Badezimmer. Vor der Wanne bleibe ich stehen. Ich drücke meine Augen, bis nichts mehr herauskommt.

Plötzlich steht Archie neben mir. Er legt einen Arm um mich. Mindestens zwölf Sekunden stehen wir vor der leeren Badewanne und sagen nichts.

»Und was ist mit der magnetischen Störung?«, frage ich. Meine Stimme ist immer noch dick.

Archie zuckt mit den Schultern. Es bleibt still.

Ich ziehe die Nase hoch. »Alle sagen immer: durchhalten. Aber ich halte es nicht durch. Immer nur Warten und Nichtstun.«

Archie nickt.

»Ich lasse sie nicht im Stich.«

Archie schüttelt den Kopf.

Ich richte mich auf und atme tief ein. Ein großer Schwall Sauerstoff. »Ich habe einen Entschluss gefasst.« Ich schaue zur Seite, zu Archie. »Aber ich weiß noch nicht, wie, und ich kann es nicht allein. Wirst du mir helfen?«

»Klar.«

»Auch wenn es gefährlich ist?«

Er grinst.

»Und verboten?«

Sein Grinsen wird nur noch breiter.

Ich schaue mich kurz um. »Und ultrageheim?«, flüstere ich.

»Ja, ja, erzähl schon!«

»Ich will meiner Mutter helfen, auszubrechen.«

Seine Augen werden so groß wie Tischtennisbälle. »Cool ...«

Hinter uns erklingt ein Hüsteln. Wir drehen uns um. Es ist Lela. Sie bewegt unruhig die Finger. »Ich komme ein andermal und schau mir deine Erfindungen an«, sagt sie.

»Nein, warte ...«, sagt Archie.

Lela schaut mich an. »Geht es darum, was Menno heute Mittag im Museum gesagt hat?«

Ich schniefe. »Du glaubst ihm bestimmt auch ...«

»Überhaupt nicht«, sagt sie schnell. Sie schweigt einen Moment, dann sagt sie: »Archie hat mir gesagt, dass ihr glaubt, sie ist unschuldig.«

»Wissen«, sage ich hart. »Wir wissen, dass sie unschuldig ist.«

»Wie ... wie kannst du es wissen?«

»Der Ohrring ist kein Beweis, die Fußspuren sind viel zu groß, und der Direktor ...« Und dann erzähle ich ihr die ganze Geschichte.

Lelas Augen werden immer größer. »Aber warum glaubt jeder dem Direktor? Warum hören sie nicht auf dich und deine Mutter?«

»Wir konnten keinen teuren Anwalt bezahlen, und der Direktor schon.«

»Aber ...« Sie ballt die Fäuste. »Sie müssen sie freilassen! Das geht nicht, das darf nicht sein ...«

»Genau!«, ruft Archie begeistert. »Und deshalb überlegen Ro und ich uns einen Plan, um sie zu befr...« Weiter kommt er nicht, ich halte ihm den Mund zu.

»Ultrageheim, denk dran!«, zische ich ihm ins Ohr.

»Befreien ...«, flüstert Lela. »Ihr werdet sie befreien. Das ist gut!«

Ich kneife die Augen zusammen. »Wenn du es je irgendjemandem ...«

»Mmm-mmmh!« Archies Tennisballaugen springen fast aus den Höhlen. Ich lasse ihn los.

»Sorry!«, keucht er. »Sorry. Aber ich habe gedacht ... Es ist Lela. Und Lela ...«

»... weiß, was ultrageheim bedeutet«, sagt sie. »Ich halte den Mund, ich schwör's.« Sie macht ein V aus ihren Fingern und spuckt. Die Spucke fliegt zwischen mir und Archie hindurch und landet auf dem Badewannenrand.

»Wow«, sagt Archie seufzend. »Ein toller Schuss.«

Wasserdicht

Wir sitzen in der Großen Scheune, Archie und ich. Wir sind die Einzigen, die diesen Ort kennen. Große Gebilde und Erfindungen hecken wir immer hier aus. Die Scheune ist enorm und man kann so viel Krach machen, wie man will, niemand kann einen hören. Sie liegt am Ende eines unbefestigten Wegs und gehört zu einem Bauernhof, der schon seit Jahren zum Kauf steht.

Vor uns auf dem großen Tisch liegen Skizzen und Landkarten. Archie hat sich einen Plan ausgedacht. Ich kann nur schwer glauben, dass es je gelingen soll, aber er sagt, sein Plan sei wasserdicht. Ich hoffe es. Ich hoffe es wirklich. Wenn sie uns schnappen, werden wir bestimmt auch eingesperrt.

Das ist der Plan:

- Das Elektromobil von Opa Mierema (= Archies Opa) leihen. Er braucht es fast nie.
- Elektromobil aufschrauben. Motor und alles herausnehmen.
- Geheimen Hohlraum schaffen, groß genug, um eine Person zu verstecken (1 Mutter).

- Archie verkleidet sich als Opa.
  Setzt sich ins Elektromobil.
- Samstag (= Besuchstag) fährt Ro diesen »Opa« zum Gugelhupf.
- (14.55) Gegen Ende der Besuchszeit muss »Opa« zur Behindertentoilette. Sara muss ihm helfen.
- (14.56) In der Toilette den Geheimraum vom Elektromobil öffnen. Sara darin verstecken.
- (14.59) Ro und »Opa« verlassen die Toilette mit der geschmuggelten Sara.

Archie grinst. »Und weißt du, was besonders gut ist? Niemand wird einem Opa und einem zehnjährigen Jungen misstrauen.«

»Hm«, sage ich.

»Und noch was, Ro. Sollten wir nicht Lela einweihen? Sie könnte mir beim Verkleiden helfen und so ...«

»Nein«, sage ich. »Wir ziehen es zu zweit durch, Archie. Es ist besser, wenn so wenige wie möglich etwas von unserem Plan wissen.«

Er seufzt. »Okay ...«

Also sitzen Archie und ich am Mittwochnachmittag bei seinem Opa und trinken Tee. Überall stehen Flaschen mit Schiffen herum, und an der Decke hängen ausgestopfte Möwen. Opa Mierema hat früher im Hafen gearbeitet. Er lässt die Keksschachtel rumgehen. Winzige Kekschen sind darin. Sie schmecken nach Kork.

Ich versetzte Archie einen Stoß.

»Opa«, fragt er, »können wir uns dein Elektromobil mal leihen?«

»Was willst du leihen?«

»Dein Elektromobil ... Der im Schuppen steht.«

»Ich verleihe nichts. Verleihen bringt Entzweien.«

»Du brauchst es doch nie. Am Sonntag bekommst du es wieder zurück.«

»Hast du nicht gehört? Nein ist nein.«

Zweieinhalb Minuten später stehen wir draußen.

»Mensch«, mault Archie.

Ich seufze. »Das war's also mit unserem Plan.«

»Eigentlich hätten wir nicht fragen müssen. Einfach mitnehmen.«

Ich schaue Archie erschrocken an. »Aber das ist stehlen!«

»Aber nein. Wir bringen es am Sonntag doch zurück, nicht wahr?«, sagt Archie. »Und außerdem ist es für einen guten Zweck.«

Am nächsten Nachmittag, als ich in der Großen Scheune auf Archie warte, kommt er seelenruhig mit dem Elektromobil seines Opas angefahren.

»Archie! Dein Opa hat doch gesagt, dass er es nicht erlaubt!«

Er bleibt vor mir stehen und kratzt sich am Kopf. »Aber jemandem zu helfen, aus dem Gefängnis zu fliehen, ist auch nicht erlaubt.«

Ich lasse die Arme hängen. »Stimmt ... Aber ...«

Ohne auf mich zu hören, fährt er summend in die Scheune. »Nicht jammern, Ro«, sagt er. »An die Arbeit.«

Wie geschmiert

Es lief wie geschmiert. Zwei Nachmittage haben wir daran herumgebaut. Wir haben alle Innereien aus dem Elektromobil entfernt und so lange gebastelt, bis ein richtiger Hohlraum entstanden ist. Ich bin hineingekrochen. Es war ein bisschen eng, aber sonst gut. Mama ist nur einen halben Kopf größer als ich, das wird wohl passen.

Heute Morgen haben wir das Elektromobil zum Hafen gefahren. Weil kein Motor mehr drin ist, war das ganz schön schwierig. Wir haben es hinten an unsere Räder gebunden und es den ganzen Weg zum Hafen gezogen. Hinter ein paar Containern haben wir einen guten Platz gefunden, an dem Archie sich umziehen konnte.

Er ist wirklich gut verkleidet, mit Mütze und Bart. Wir haben sogar seine Haare grau gesprüht.

Um 12.45 – eine Viertelstunde vor Abfahrt der Fähre – ist es so weit. Ich lege eine Hand auf Archies Schulter. »Bist du bereit?«

Archie streckt einen Daumen hoch. Er grinst so breit, dass sein Schnurrbart abfällt. Ich klebe ihn wieder fest. »Gib dein Bestes, Opa.«

Wir machen uns auf den Weg. Ich schiebe das Elektromobil vor mir her über den Kai. Die Sonne scheint, die

Wellen plätschern und eine leichte Brise bringt Archies Bart zum Flattern. Weiter oben können wir schon die Fähre sehen.

»Eigentlich kann wenig schiefgehen«, flüstert Archie.

»Das sagst du immer ...« Ich laufe schneller, denn dort, auf der anderen Straßenseite, geht Lela, sie führt einen Hund aus. Archie hat sie auch gesehen. Er winkt begeistert. »Lela!«

»Psst! Du kennst sie nicht, du bist mein Opa, oder hast du das vergessen?«

»Ach ja.« Archie zieht seinen Arm schnell zurück.

Doch sie kommt auf uns zu. »Hallo!« Sie zieht die Augenbrauen hoch und betrachtet meinen Undercover-Opa.

Ihr Hund schnüffelt an der Decke.

»Ist das ...?«

»Mein Opa«, sage ich schnell.

»Und was habt ihr vor?«

»Meine Mutter besuchen, sonst nichts.«

»Hmm.« Sie beugt sich zu mir. »Sag deinem ultrageheimen Opa, dass er seine Roboteruhr noch anhat ...« Sie zwinkert uns zu und geht weiter.

»Danke, he«, flüstert Archie. Schnell bindet er seine Uhr ab.

»Puh.« Ich will gerade weitergehen, als ein Taxi neben uns hält und ein Mann mit einem Spazierstock aussteigt.

Opa Mierema.

»Los, verschwinden«, zischt Archie.

Schnell gebe ich dem Elektromobil einen Stoß, aber es

ist schon zu spät. Opa Mierema hat mich schon gesehen.
»Ro!«

Ich lasse das Gefährt los und drehe mich um. »Guten Tag, Herr Mierema.«

»Es ist das erste Mal, dass ich dich ohne Archie sehe. Mit wem gehst du spazieren?«

»Mit ... mit meinem Opa.«

»Ihr wollt sicher auch die Schiffe besichtigen! Ich sage dir, als ich hier noch gearbeitet habe ...« Sein Blick wandert zu dem Elektromobil hinter mir. Er runzelt die Stirn. »Mein Wagen hat genau solche Aufkleber ... Verdammt! Das ist meiner!«

Mein Herz setzt einen Schlag aus. Oder zwei.

Langsam beugt er sich zu mir. »Hast du ihn dafür gebraucht? Um deinen Opa zum Hafen zu bringen? Warum hast du das nicht gleich gesagt. Natürlich hättest du ihn dafür ...« Opa Mierema stockt. Sein Mund klappt so weit auf, dass sein Gebiss klappert. Er deutet hinter mich.

Ich drehe mich um und sehe das Elektromobil davonrollen. Immer schneller und schneller. Ich verstehe es nicht, es gibt doch keinen Motor mehr. Dann sehe ich es: Der Kai ist abschüssig. Zum Meer hin. Und Archie rollt direkt darauf zu. Ängstlich dreht er sich um. Und wie ein Blitz schießt es mir durch den Kopf: Wir haben nicht nur den Motor ausgebaut, sondern auch die Bremse.

Platsch. Und das Elektromobil fährt samt Archie ins Wasser.

»Mein Wägelchen ...«, stammelt Opa Mierema.

Sein Spazierstock rutscht ihm aus der Hand, er schwankt und verliert das Gleichgewicht. Ich kann ihn gerade noch auffangen.

Opa Mierema lehnt sich schwer an meine Schulter, ich kann nicht weg, aber was ist mit Archie? Archie liegt im Wasser, ich muss ihn retten, wenn er sich nicht von selbst aus dem Elektromobil befreien kann ...

Dann sehe ich jemanden pfeilschnell über den Kai rennen. Jemand mit Hund. Lela. Ohne zu zögern springen beide ins Wasser.

Inzwischen stolpere ich mit Opa Mierema zu einer Bank. Ich gebe ihm seinen Stock und renne zu Archie.

Sein Kopf ragt schon aus dem Wasser. Ich habe noch nie einen Ertrinkenden gesehen, der so glücklich aussieht. Lela hat die Arme um seine Brust gelegt und schwimmt mit ihm zum Ufer. Der Hund strampelt hinterher, mit der Decke und dem Pseudobart im Maul.

Zehn Sekunden später stehen sie tropfend auf dem Kai.

Archie schaut Lela strahlend an. »Danke«, keucht er. Er stößt mich an. »Ich habe ja gesagt, dass wir Lela brauchen.«

Lela schüttelt den Kopf. »Was habt ihr denn vorgehabt?«

Ich hole tief Luft. »Okay. Ich werde dir alles erklären ... Gleich.«

Aus dem Augenwinkel sehe ich, dass Opa Mierema von

der Bank aufsteht. »Er kommt her!«, zische ich. Schnell drückt sich Archie den Pseudobart wieder an und wickelt sich in die klatschnasse Decke.

Zitternd kommt Opa Mierema angestolpert. »Dein ... dein Opa, lebt er noch?«

»Ja, ja. Er ist nur ... sehr nass«, beruhige ich ihn. Archie taucht tiefer in die Decke und hustet ein paar Mal.

»Und mein Elektromobil?«

Wir drehen uns zum Wasser um, aber wir sehen nur Wellen.

»Es tut mir schrecklich leid, Herr Mierema«, murmele ich.

Opa Mierema knurrt und knirscht mit dem Gebiss. »Hör mal, Junge ...«

Genau in diesem Moment klappt Archie zusammen und röchelt und stöhnt, als müsste er seine Lungen aushusten. Lela legt ihm eine Hand auf den Rücken.

Besorgt betrachtet Opa Mierema das Häufchen Elend unter der Decke. »Kümmere dich schnell um deinen Opa. Mein Wägelchen ... na ja, hat sowieso schon angefangen zu rosten.« Er wünscht meinem »Opa« noch alles Gute und schlurft dann zur Hafenkneipe, für einen Schnaps auf den Schrecken. Die Sirene der Fähre heult auf,

es ist schon ein Uhr. Wenn ich renne, könnte ich sie noch erwischen. Aber ich kann Archie nicht so zurücklassen. Und Lela auch nicht.

Ich sehe, wie die Fähre ablegt und eine Schaumwellenspur hinter sich herzieht.

Es ist der erste Samstag, an dem ich Mama nicht besuche.

Ein neuer Plan

»Und jetzt?«, fragt Lela.

Wir sitzen zu dritt in meinem Zimmer. Ich habe Lela alles von unserem Plan mit dem Elektromobil erzählt. Sie hat nicht mal gelacht.

Sie ist eigentlich ganz okay. Und sie hat gefragt, ob sie uns helfen dürfe. »Prima!«, hat Archie sofort gerufen. Ich habe genickt, denn ja, sie hat Archie gerettet und nichts verraten. Wie gesagt, sie ist eigentlich ganz okay.

»Hatschi!«, niest Archie. »Unser Plan war doch nicht so perfekt, wie ich gedacht habe.«

»Sogar wenn ihr es mit dem Elektromobil bis ins Gefängnis geschafft hättet, wäre es noch spannend geworden«, sagt Lela.

»Wieso?«, fragen Archie und ich gleichzeitig.

»Na ja, am helllichten Tag, mit all den Wärtern um euch herum und so ...«

»Ja. Im Dunkeln wäre es besser«, sagt Archie. »Aber wie sollen wir nachts hinkommen? Die Fähre fährt nur tagsüber.«

»Und selbst hinfahren geht auch nicht«, sage ich. »Die Strömung ist zu gefährlich. Und jedes Boot, das sich der Insel nähert, wird gleich von zwei großen Suchscheinwerfern entdeckt.«

Lela steht auf und läuft im Zimmer hin und her. »Kann sie nicht auf irgendeine Art selbst rauskommen?«

»Hat sie ein Fenster?«, fragt Archie.

»Die Zellen haben Minibalkone«, erkläre ich. »Aber aus dem Geländer ragt eine Art Speere nach oben, sodass man unmöglich drübersteigen kann.«

»Aber die Oberseite ist offen?«, fragt Lela.

»Ja.«

Lela bleibt stehen. »Wenn wir auf das Dach kämen und eine Strickleiter nach unten lassen würden, dann könnte sie einfach zu uns hochklettern.«

Ich seufze. »Aber wie kommen wir auf das Dach eines bewachten Gefängnisses auf einer Insel?«

Archie springt vom Bett auf. »Also ...«

Er und Lela schauen einander an. »Mit einem Ballon!«, rufen sie gleichzeitig.

»Genau wie Salomon! Mit dem Schnurrbart!«, sagt Archie enthusiastisch. Seine Augen glitzern. »Das ist perfekt! Mit einem Ballon können wir aus der Reichweite der Suchscheinwerfer bleiben, wir fliegen oben drüber.«

Ich muss lachen. »Ein Ballon?«

»Warum nicht?«, sagt Archie. Er meint es ernst.

»Ja, warum nicht?«, sagt auch Lela. Ihre Augen glitzern schon genauso.

Ich schaue von Lela zu Archie und wieder zurück. Mein Lachen ebbt ab. »Aber woher wollt ihr einen Ballon nehmen?«

»Den bauen wir selbst«, sagt Archie triumphierend.

»Aber ... einen Ballon kann man doch nicht steuern?«

»Da fällt uns schon was ein. Genau wie Salomon. Nur besser.« Das hat er gesagt, ehrlich.

Ich stehe auf. »Hört mal ... Ich will meine Mutter befreien! Da nützt uns dieser Salomon doch nichts, oder? Das war ein Versager. Er konnte nicht steuern, er ist abgestürzt und erfroren. Oder etwa nicht?«

Archie und Lela starren mich erstaunt an.

»Das stimmt«, stottert Archie, »aber ...«

Ich unterbreche ihn. »Weißt du was? Vielleicht geht es ja einfach nicht. Sie befreien.« Und dann gehe ich aus dem Zimmer.

Heureka

Ich schlendere hinaus. Im Garten klettere ich über eine Waschmaschine und einen Ofen auf den Apparatedschungel. Ich kratze mir das Bein auf, aber das ist mir egal. Oben auf dem Stapel steht die Jacuzzibadewanne mit dem Riss. In die steige ich.

Meine Mutter befreien. Was für ein verrückter Gedanke!

Ich wische mir das Blut vom Kratzer am Bein.

Nach einer Weile höre ich die Hintertür aufgehen. Ich spähe über den Wannenrand hinunter. Es ist Lela.

»Geht's?«, fragt sie.

Ich sage nichts.

»Darf ich ...?«

Ich zucke mit den Schultern.

Sie setzt einen Fuß auf die Waschmaschine und steigt auch nach oben. Sie setzt sich neben mich in die Badewanne.

Ich ziehe meine Beine näher zu mir.

»Du glaubst nicht dran, nicht wahr?«, sagt sie.

»Du doch auch nicht, oder?«

Sie zuckt mit den Schultern. »Ich weiß es noch nicht. Erst mal prüfen, ob es wirklich nicht geht.«

Auf meinem Kratzer bildet sich ein dicker, roter Tropfen.

Sie schaut zur Seite. »Sitzt du hier öfter?«

Ich nicke.

»Schöne Aussicht«, sagt sie. »Du kannst fast das Meer sehen.«

Ich betrachte sie durch die Wimpern. »Warum willst du uns helfen? Du hast uns doch gerade erst kennengelernt.«

»Weil es ungerecht ist.« Sie spricht das Wort aus, als handle es sich um Brennnesseln. »Ich bin allergisch gegen Ungerechtigkeit. Wenn jemand falschspielt, bekomme ich überall rote Flecken am Hals. Als ich dich da stehen gesehen habe, mitten im Museum, als ich gesehen habe, wie du plötzlich ganz weiß geworden bist, hat es bei mir angefangen zu brennen. Hier.« Sie deutet auf ihre Brust. »Ungerecht. Ich habe es gesehen. Es ist ungerecht, dass Menno es einfach der ganzen Klasse erzählt hat, es ist ungerecht, dass deine Mutter im Gefängnis sitzt, und es ist ungerecht, dass du sie vermissen musst.«

Ich spüre, wie meine Wangen rot werden. »Mir geht es ganz gut, hörst du.«

Sie redet jetzt leiser. »Meine Mutter ist auch weg. Und sie kommt nie mehr zurück. Sie war sehr krank. Das war die größte Ungerechtigkeit von der Welt.«

Ich weiß nicht, was ich sagen soll, deshalb sage ich einfach nichts.

Sie schaut mich direkt an. »Aber deine Mutter, die können wir zurückholen.« Ihre Zahnspange glänzt in der Sonne. »Das muss einfach klappen.«

Lela ist wirklich ganz okay.

Sie kichert. »Dein Mund steht offen.«

Ich springe auf. »Und ... was macht Archie gerade?«

»Er ist noch oben. Er zeichnet. Rechnet Sachen aus.«

In diesem Moment geht mein Zimmerfenster auf und Archie streckt den Kopf heraus. »HEUREKA!«, ruft er.

Lela steigt sofort aus der Badewanne. Ich bleibe sitzen.

Sie schaut sich um. »Ro? Nie zu lange in der Wanne sitzen. Davon bekommst du Runzelfinger, genau wie ein alter Mann.«

Ich seufze. Und dann steige ich auch hinaus.

In meinem Zimmer zeigt Archie seine Berechnungen.

»Siehst du?«, sagt er. »Es muss klappen.«

Ich starre seine Berechnungen an. »Wie kommen wir an 202 Quadratmeter Nylon?«

»Nylon?«, fragt Lela. »Das ist doch der Stoff, aus dem man Strumpfhosen macht.«

»Oder Zelte«, murmele ich.

Archie klopft mir auf die Schulter. »Brillant! Daran hatte ich nicht gedacht! Alte Zelte, daraus können wir den Ballon machen.«

»Und wie kommen wir an so viele alte Zelte?«

»Dein Vater arbeitet doch auf dem Wertstoffhof.«

»Aber ich weiß überhaupt nicht ...«

»Du könntest ihn doch fragen, oder?«

Ich sinke auf das Bett. »Und so viel Helium? Wie sollen wir daran kommen? Und steuern? Hast du dir dafür schon was ausgedacht?«

»Noch nicht. Aber wenn wir das erst mal können ...« Er legt die Zeichnung vom Gefängnis auf den Tisch. Dann nimmt er meinen Fußball vom Boden und hält ihn hoch. »Angenommen, das ist unser Ballon. Wir starten von der großen Scheune, fliegen zum Gugelhupf, schnappen uns deine Mutter und fliegen weiter nach Schiermonnikoog ...«

»Warte, Archie.« Ich lege meine Hand auf den Ball. »Es klingt vielleicht ganz cool, aber diese Befreiung ist kein Zeichentrickfilm oder so. Das ist die Wirklichkeit. Meine Mutter gibt es wirklich. Wir brauchen also Pläne, die funktionieren, die möglich sind. Falls es die überhaupt gibt.«

Lela starrt mich an, als würde ich Tibetisch sprechen.

Archie lässt den Ball sinken. »Es ist ein ganz toller Plan ...«

Ich seufze. »Ja. Aber zu schön, um wahr zu sein. Du bist

mit deinem Kopf schon in den Wolken. Ich habe noch nie von Kindern gehört, die selbst einen Ballon gebaut haben. Wir haben vielleicht tolle Sachen erfunden und tolle Pläne ausgeheckt, aber die meisten sind schiefgegangen. So wie unser blöder Plan mit dem Elektromobil. Und dieser Plan wird auch schiefgehen. Schade, aber wahr.«

Archie sieht plötzlich blass aus. Nur seine Nasenspitze ist feuerrot. »Was ist Schlimmes daran, wenn man es probiert? Du siehst nie, was alles möglich ist. Du willst nicht sehen, was alles möglich ist. Und weißt du, warum?« Er stößt mir den Ball in den Bauch. »Weil du Angst hast. Weil du ein Schisser bist. Natürlich ist es ein schwieriger Plan. Und gefährlich. Und fast unmöglich. Aber weißt du, Ro ...« Seine Augen fangen an zu funkeln. »Manchmal muss man etwas tun, was unmöglich zu sein scheint. Weil kein anderer es je getan hat. Manchmal muss man sich trauen, der Erste zu sein. Wie Salomon. Es schien unmöglich, zum Nordpol zu fliegen, aber er hat es trotzdem versucht. Okay, er hat es nicht geschafft, aber er wurde berühmt. Er hat einen eigenen Saal im Museum. Weil er Mut besaß.« Er kneift die Augen zusammen. »Und du, Ro?«

Ich mache einen Schritt zurück. Der Ball fällt auf den Boden. Lela hat die Arme verschränkt und schaut mich fragend an. »Nun?«, sagt sie. »Werden wir deine Mutter befreien oder nicht?«

Ich schaue sie an. Ich hebe den Ball auf. Ich hole tief Luft. »Okay.« Mein Gesicht glüht. »Probieren wir es.«

Um Zelte bitten

Wir sitzen beim Frühstück, Papa, der leere Stuhl und ich. Heute Nacht ist er wieder auf dem Sofa eingeschlafen: Seine Haare ragen an einer Seite nach oben und bilden eine Art Sprungschanze.

Er hält einen Löffel in der Hand, hat aber noch nichts von seinem Haferbrei gegessen. Er schaut mich nur dauernd mit einem Blick an, bei dem ich Juckreiz bekomme.

»Ein behinderter Mann ...«, sagt er. »Wie könnt ihr einem behinderten alten Mann bloß etwas stehlen? Noch dazu Archies Opa!«

»Wir wollten das Elektromobil nur leihen«, sage ich.

»Leihen? Das Elektromobil liegt jetzt im Hafen auf dem Meeresboden!«

»Ein Unfall ...«, murmele ich. »Und Opa Mierema hatte nichts dagegen, dass wir ihn geliehen haben. Letztendlich.«

Papa seufzt und steht vom Tisch auf. »Meine Frau sitzt im Knast und mein Sohn bestiehlt einen alten Mann ...« Er schlurft zum Sofa und stellt seine Playstation an. »Bin ich hier eigentlich der einzige normale Mensch?«

Meine Hand geht schon hoch, um mit einem Löffel Haferbrei nach ihm zu zielen, aber ich halte mich zurück. Ich muss ihn noch um etwas bitten.

Ich schlucke.

»Es tut mir leid, Pap.«

Er brummt etwas Unverständliches. Auf seinem Bildschirm taucht Clara auf.

»Pap?«

Er schickt Clara durch Straßen und Gassen.

»Bringen sie manchmal auch alte Zelte zu euch auf den Wertstoffhof?«

»Wieso?«

»Für ein Projekt ... in der Schule. Falls wir mal zelten gehen.«

»Ich werde mal schauen«, murmelt er. Clara öffnet einen Kanaldeckel.

Ich stehe auf und nehme meinen Rucksack, um zur Schule zu gehen. »Oh, und Papa, sie sollen aus Nylon sein.«

»Warum denn das schon wieder?«

»Damit sie möglichst leicht sind ... Sie sollen auf die Fahrräder.« Gut, dass mir das eingefallen ist. »Viel Vergnügen bei der Arbeit, Pap.«

Clara steigt über eine Leiter in den Kanal hinab.

»Pap?«

Aber er hört mich schon nicht mehr. Er ist mit Clara im dunklen Abwasserrohr verschwunden.

Hi ha Helium

Für nach der Schule haben wir uns in der Großen Scheune verabredet, Archie, Lela und ich.

Archie schiebt die Tür auf. Hier soll unser Ballon also gebaut werden.

An der Wand steht unsere Werkbank. Darauf liegen große Bögen Papier, Kugelschreiber, Bleistifte, Brettchen, Seilrollen, Schraubendreher und noch viel mehr Zeug. Neugierig läuft Lela zu den Zeichnungen. »Hast du dir schon was zum Steuern überlegt?«

»Ich bin dabei«, sagt Archie. »Und wie sieht es mit den Zelten aus?«

»Ich habe gefragt«, sage ich. Und Lela frage ich: »Wie steht's mit dem Heliumgas?«

»Ist schwierig ...« Lela holt ein Laptop aus der Tasche und stellt es auf den Tisch. »Ich habe im Internet gesucht, aber es ist viel zu teuer, um es zu kaufen. Und alle Firmen und Läden, wo es Helium gibt, sind schwer bewacht, mit Kameras und so. Wir können dort nicht einfach reingehen und zwanzig Gasbehälter mitnehmen. Und noch was: Die Kanister sind aus Eisen und wiegen an die fünfzig Kilo. Wie sollen wir dann zwanzig hierher schaffen?«

Sie zeigt ein paar Websites von Geschäften, die Helium verkaufen.

»Hier«, ich deute auf den Bildschirm. »Der Ballonkönig. Der könnte es auch besorgen.«

Lela runzelt die Stirn. »Würdest du einfach anrufen und zwanzig Behälter bestellen? Dann würden sie doch denken, wozu wollen drei Kinder so viel Helium? Ein Fest ausrichten mit zwanzigtausend Luftballons? Und außerdem können wir nie im Leben die Rechnung bezahlen.«

»Dann bezahlen wir sie eben nicht, sondern jemand anderer.«

Lela denkt nach. »Jemand ... der ein gigantisches Fest feiert.«

»Das Museum besteht seit zwanzig Jahren«, sagt Archie.

Ich schlage ihm auf die Schulter. »Perfekt! Zwanzig Jahre. Zwanzigtausend Luftballons. Wir tun, als wären wir vom Museum, und bestellen Heliumflaschen für ein großes Fest. Und später bekommt der Direktor die Rechnung.« Ich muss lachen. »Er hat dafür gesorgt, dass meine Mutter im Knast sitzt, jetzt darf er auch dafür bezahlen, sie wieder herauszukriegen.«

Lela beißt sich auf die Lippe. »Ob das klappt?«

»Los, rufen wir an.«

Lela holt ihr Handy aus der Tasche und hält es mir hin. »Dann tu's.«

»Ich? Ich dachte, du rufst an.«

»Warum ich?«

»Du hast eine gute Stimme. Eine Frauenstimme.«

Sie schlägt die Augen nieder und lacht. »Danke ...«

»Nein, ich habe nur gemeint ... Dich kann man leicht für eine Sekretärin halten. Wenn ich anrufe, hören sie sofort ...«

Sie grinst. »... dass du noch ein Junge bist.«

Wir drücken die Nummer des Ballonkönigs. Lela stellt den Lautsprecher an, damit wir mithören können. Sie holt tief Luft. Archie und ich schauen gespannt zu.

»Hier ist der Ballonkönig«, brummt eine Stimme am anderen Ende.

»Hallo«, sagt Lela lächelnd. »Sie sprechen mit dem Museum für Fast Brillante Erfindungen.«

»Das Museum«, sagt der Ballonkönig auf einmal begeistert. »Was kann ich für Sie tun?«

»Sie kennen unser Museum? Dann wissen Sie bestimmt auch, dass es uns seit zwanzig Jahren gibt. Zeit für ein Fest.« Die Sätze sprudeln nur so aus Lelas Mund.

»Da sind Sie bei mir an der richtigen Adresse«, sagt der Ballonkönig.

»Schön. Wir möchten gerne eine große Anzahl Heliumflaschen bestellen. Zwanzig, um genau zu sein.«

»Zwanzig?«, sagt der Ballonkönig erstaunt.

»Ja. Wir planen ein großes Fest.«

»Hervorragend. Und möchten Sie auch zwanzigtausend Luftballons dazu?«

»Eh ... nein, das ist nicht nötig.«

»Gut. Mal sehen ... Wir können sie nächste Woche irgendwann zum Museum liefern.«

Ich schüttle wild den Kopf. »Nein«, flüstere ich. »Hierher.«

»Nein, hierher!«, sagt Lela es mir nach. Sie schlägt die Hand vor den Mund. »Ich meine ... Können Sie es auch zu der grünen Scheune am Ende vom Wattenweg liefern? Dort finden die Vorbereitungen für das Fest statt.«

»In Ordnung, gnädige Frau. Und die Faktur, wohin soll die geschickt werden?«

»Moment ...« Sie drückt die Hand gegen das Handy und schaut uns fragend an. »Was ist eine Faktur?«, flüstert sie.

Ich zucke mit den Schultern. Archie weiß es auch nicht.

»Eh ... behalten Sie sie einfach«, sagt Lela auf gut Glück. »Wir haben schon eine.«

Einen Moment bleibt es still.

»Wollen Sie mich auf den Arm nehmen?«, fragt der Ballonkönig.

Lela kneift die Augen zu. »Nein, nein ... Das war ein Witz!«

»Hach«, brummt der Ballonkönig nach einer langen Stille. Er scheint es nicht komisch zu finden. »Na ja. Aber die Faktur ... die Rechnung, wohin soll ich sie schicken?«

»Oh.« Lela rollt mit den Augen. »Ans Museum. An Direktor Dubbelman.«

»Also gut.«

»Und würden Sie sie bitte nicht allzu schnell schicken? Das Fest soll möglichst lange eine Überraschung bleiben.«

»Alle Fakturen werden innerhalb von sechs Wochen verschickt«, murmelt der Ballonkönig.

»In Ordnung. Vielen Dank.« Sie hängt auf.

»Hi, ha, Helium!«, jubelt Archie. »Lela, du bist ein Goldstück.«

Lela seufzt. Ich lächle, aber so froh wie Archie bin ich nicht. »Innerhalb von sechs Wochen, hat er gesagt. Dann bekommt der Direktor eine Rechnung, die ihn ganz schön erschrecken wird. Und dann werden sie hier suchen. Wir haben also bloß ein paar Wochen, um den Ballon zu bauen.«

Lela nickt. »... und wegzufliegen.«

Der Journalist

Inzwischen weiß die ganze Schule, dass meine Mutter im Gefängnis sitzt. Sogar die kleineren Kinder. Sie haben heute Mittag »Museumsdieb mit Abschlagen« gespielt. Ich habe sie gehört.

Wenn ich an anderen Kindern vorbeigehe, schauen sie zur Seite. Und ich habe ein paar Jungen gesehen, die ihre Murmelsäckchen schnell hinter dem Rücken versteckten. »Ich bin kein Dieb«, habe ich sie angeschnauzt. »Und meine Mutter auch nicht.«

Aber als ich nach Hause komme, erwartet mich eine große Überraschung. Im Flur liegt ein riesiger Stapel Zelte. Manche sind noch in einem Sack, andere liegen lose da. Blaue, gelbe und grüne. Sie riechen nach Schimmel und nassem Hund, aber das ist mir egal. Ich renne zum Sofa, auf dem Papa sitzt und spielt, und falle ihm um den Hals. »Danke, vielen Dank.«

»Nicht«, ruft er.

Er deutet auf den Schirm. »Zu spät.«

Ich sehe Clara in einen Abgrund stürzen.

»Ich wollte mich doch nur für die Zelte bedanken ...«

»Ist schon gut. Ich bin ja froh, dass du sie nicht einfach klaust ...«

Sofort lasse ich ihn wieder los. Papa beugt sich zum Bildschirm.

Ich sage nicht mal Tschüs, ich gehe einfach.

Mit den Zelten auf meinem Fahrradanhänger radle ich los. Aber ich habe die Gasse noch nicht hinter mir gelassen, da stellt sich mir ein Mann in den Weg und sagt, er sei Journalist.

Ob er mir ein paar Fragen stellen dürfe. Für die Zeitung. »Ich habe erfahren, dass deine Mutter ein besonderes Logbuch geklaut hat«, sagt er lächelnd. »Was weißt du über dieses Logbuch? Hat sie dir mal davon erzählt?«

Ich stelle den Fuß wieder auf das Pedal. »Sie hat das Logbuch nicht gestohlen«, sage ich.

Er nickt. »Natürlich nicht. Mir ist klar, dass du das sagen musst.«

Lässig legt er eine Hand auf meinen Lenker. »Es spielt auch keine Rolle. Weißt du, ich könnte in meiner Zeitung einen prachtvollen Artikel über die Unschuld deiner Mutter schreiben. Das täte ich gern, und es würde auch bestimmt helfen, sie eher freizubekommen ...« Er nimmt die Sonnenbrille ab und schaut mich mit seinen hellblauen Augen freundlich an. »Aber dafür möchte ich auch etwas von dir.«

»Was denn?«

Er blickt sich um und flüstert dann: »Sag mir, wo sie das Logbuch versteckt hat.«

»Was? Gerade haben Sie noch gesagt ...«

»Wo ist das Buch?«

»Sie hat es doch gar nicht!«

Er beugt sich zu mir. Sein Atem riecht seltsam. Irgendwie benzinartig. »Denk gut nach.« Und plötzlich hält er mir eine Handvoll Scheine vor die Nase. Grüne Hundert-Euro-Scheine. »Vielleicht hilft das? Weißt du wirklich nicht, wo sie es versteckt hat?«

»Für welche Zeitung arbeiten Sie eigentlich?«, erkundige ich mich vorsichtig.

»Für eine mit genug Geld.«

»Lassen Sie meinen Lenker los.«

Aber er hört nicht hin, er wedelt mir mit den Scheinen vor der Nase herum. Ich muss niesen. »Hatschi!«

Endlich lässt er meinen Lenker los und wedelt angewidert mit den Scheinen. Ich ergreife die Gelegenheit und fahre so schnell davon, wie ich kann.

Lela und Archie springen begeistert Löcher in die Luft, als ich mit den Armen voller Zelte die Scheune betrete. Doch Lelas Lachen verschwindet, als sie mein Gesicht sieht. »Was ist los?«

»Es geht schon«, sage ich, lege die Zelte auf den Boden und erzähle ihnen von dem aufdringlichen Journalisten.

Lela verzieht das Gesicht. »Was für ein Ekeltyp.«

»Wenn ich so einem Ekeltyp begegnen würde«, sagt Archie laut, »würde ich mit meinem Propellerrad so dicht an ihm vorbeirasen, dass er – bumm! – einen Propeller gegen den Kopf kriegen würde.«

Lela hört nicht hin. Sie ist in Gedanken versunken. »Warum möchte er dieses Logbuch eigentlich unbedingt haben?«

Ich hole tief Luft. »Keine Ahnung. Und jetzt los, bauen wir einen Ballon.«

Steuern und Feuern

Wie baut man sich einen eigenen Ballon?

Schritt 1: der Ballon selbst

Man braucht dazu Folgendes:

- Alte Nylonzelte. (Insgesamt braucht man 202 qm.)
- Klebebänder
- Leim
- eine Nähmaschine oder Nadel und Faden
- eine Schere

1. Breite alle Zelte, die du hast, auf dem Fußboden aus. Schneide überflüssige Teile ab.
2. Entdeckst du Löcher oder Risse, klebe sie mit Bändern ab.
3. Lege die Zelte zu einem großen Teppich aneinander.
4. Befestige die einzelnen Teile aneinander.

Wir finden heraus, dass man einige Zelte einfach mit einem Reißverschluss verbinden kann. Aber die meisten Teile müssen wir nähen. Archie hat sich die Nähmaschine seiner Mutter geliehen, aber die hat sich schnell festgefressen. Also müssen wir es mit der Hand machen. (Archie hat ausgerechnet, wie viele Kilometer Näharbeit das ungefähr sind, aber ich will das gar nicht hören.)

Nachmittag für Nachmittag arbeiten wir in der Großen Scheune. Am Mittwoch hat Papa mir wieder eine Ladung Zelte gebracht, und in der kommenden Woche kann ein Kollege von einem anderen Wertstoffhof Zelte mitnehmen. Lela und ich puzzeln und kleben, verschließen und nähen. Inzwischen beschäftigt sich Archie mit Zeichnen und Experimentieren. Er versucht herauszufinden, wie sich der Ballon steuern lässt.

»Tatatataaa!«, ruft Archie eines Tages, nachdem er den ganzen Nachmittag gebastelt hat. Er hält ein Rohr hoch, aus dem ein Anker mit einem langen Seil ragt. »Mein Schießanker. Um den Ballon zur Seite ziehen zu können.«

»Wau«, sagt Lela.

Archie lacht stolz. »Mal testen ...« Er zieht einen Stift aus der Röhre und wupsch!, der Anker schießt in die Luft ... bis ans Scheunendach. Peng! Eine Lampe ist kaputt. Scherben regnen herunter.

»Wow!«, rufe ich. »Eine gute Sprungfeder.«

Lela schaut hinauf zum Anker, der noch im Dach steckt. »Aber wenn du einen Anker auswirfst, hängst du doch fest, oder?«, fragt sie zögernd.

»Stimmt«, antwortet Archie. »Das heißt, man muss, wenn man sich seitwärts gezogen hat, das Seil durchschneiden.«

»Also brauchen wir jedes Mal, wenn wir zur Seite steuern müssen, einen neuen Anker.«

»Eh ... ja«, murmelt Archie und kratzt sich am Kopf, »und ein paar Hundert Meter Seil.«

»Kannst du dir nicht etwas anderes ausdenken?«

»Klar«, sagt Archie vergnügt und will seine Harpune schon in den Abfalleimer werfen, hält aber plötzlich inne. »Einen Moment ...« Er betrachtet seine Erfindung von allen Seiten. »Vielleicht ist das Ding nicht zum Steuern geeignet ... wohl aber zum Feuern ...« Und schon stürzt er sich auf eine neue Zeichnung. Darüber kritzelt er: »Torpedomöwe.«

Unerwarteter Besuch

Schritt um Schritt, Zelt um Zelt, wächst unser Ballon. Es ist ein riesiger Lappenteppich mit grünen, braunen, blauen, gelben und orangefarbenen Flicken. Da und dort befinden sich kleine Plastikfenster, und überall Schlaufen und Zeltleinen.

Hinter der Scheune finden wir einen großen Plastikbehälter, der wird zum Korb für unseren Ballon. Laut Lela handelt es sich eigentlich um einen Heubehälter für Pferde. Er ist ungefähr anderthalb Meter breit, wir können bequem zu dritt darin stehen. Und Mama passt auch noch hinein.

Schritt 2: die Ausrüstung

- schwarze warme Kleidung
  (oben in der Luft ist es ziemlich kalt)
- Kekse und Bananen
- Kompass und Landkarte
- Torpedomöwe
  (=eine ausgestopfte Möwe im Katapult)
- Strickleiter
- Taschenlampe

- Mamasack*
- für Notfälle: ein aufblasbares Bootchen

(*Mamasack = ein Sandsack, der genauso viel wiegt wie Mama. Wenn sie dann an Bord kommt und wir aufsteigen wollen, werfen wir den Sack ab, damit wir wieder ebenso schwer sind wie davor.)

Wir machen auf großen Blättern Zeichnungen unseres Plans und hängen sie dann an die Wand. Ich habe gerade die letzte Zeichnung aufgehängt, als ich plötzlich einen Motor höre. »Seid mal still!«

Das Geräusch eines Autos auf dem Hof. Es bremst. Lela und Archie starren mich mit großen Augen an. Hier kommt nie jemand vorbei. Es ist eine Sackgasse, und der Bauernhof ist seit Jahren verlassen.

Wir rennen zum Scheunentor und spähen durch einen Spalt. Ein roter Kleinbus steht auf der Straße. Ein Mann mit einem kahlen Kopf steigt aus.

»Wer ist das?«, flüstert Archie.

»Keine Ahnung.« Ich drehe mich um. Der Boden ist bedeckt mit dem Zeltteppich und unser Befreiungsplan hängt offen und sichtbar an der Wand. »Hoffentlich kommt er nicht hier herein. Schnell, helft mir, das Tor zu blockieren.«

Zu dritt heben wir einen großen Balken hoch und legen ihn in den Haken an der Tür.

Durch den Spalt sehe ich, dass der Mann sich umschaut und sich dabei an seinem kahlen Schädel kratzt. Dann kommt er direkt auf das Scheunentor zu.

Er klopft. »Hallo?«

Wir halten die Luft an. Lela steht so dicht neben mir, dass ich ihre Haare riechen kann.

Ich sehe, wie der Mann zu seinem Kleinbus zurückgeht und sein Handy holt.

»Was macht er?«, fragt Lela.

»Er will jemanden ...«

In diesem Moment kommt ein fröhlicher Klingelton. Aus Lelas Jacke.

Sie grabscht voller Panik nach ihrem Handy und drückt

ihn weg. Mit großen Augen starrt sie mich an. »Hat er etwas gehört?«

Ich spähe durch den Spalt. Der Mann zuckt mit den Schultern und steigt wieder in sein Auto.

»Nein, ich glaube nicht ...«

Lela schaut auf das Display ihres Handys. »Oh, es ist der Ballonkönig.«

Wir hören, wie das Auto angelassen wird.

»Und jetzt fährt er mit unseren Heliumflaschen davon!«, zischt Archie.

Ich gebe Lela einen Stoß. »Schnell, ruf ihn zurück.«

Sie tippt etwas ein und hält das Handy ans Ohr. Ihre Lippen zittern. »Hier ist ... die Sekretärin des Museums für ... Brillante Erfindungen. Ich habe gesehen, dass Sie angerufen haben. Geht es um die Heliumflaschen? Sie können sie einfach abladen ... Ja, es ist ganz sicher. Die Scheune ist völlig abgelegen. Nie kommt jemand hierher ... das heißt, dorthin.« Sie beißt die Zähne zusammen.

Nicht viel später fährt der Bus davon. Auf dem Weg stehen zwanzig glänzende Flaschen mit Helium.

Archie reibt sich die Hände. »Lang lebe der Ballonkönig.«

Libellen

Wir haben einen Plan, wir haben Helium, wir haben einen Korb und schon ein ordentliches Stück Zeltteppich. Und heute Nachmittag ist wieder Besuchszeit. Ich kann es kaum erwarten, Mama heimlich von unserem Plan zu erzählen.

Aber als ich am Hafen ankomme, sehe ich schon, dass etwas nicht in Ordnung ist. Aus dem Boot kommt schmieriger schwarzer Rauch. Der Fährmann hebt die Hände hoch. »Es tut mir schrecklich leid, mein Motor hat den Geist aufgegeben.«

Ein Wachmann schickt die Leute weg. »Leider. Diesmal keine Besuchsstunde. Kommen Sie in zwei Wochen wieder.«

Lela und Archie sind erstaunt, als ich wieder in der Scheune auftauche. Ich berichte ihnen von der kaputten Fähre.

Lela setzt sich neben mich. »Blöd, nicht wahr?«

»Letztes Mal habe ich es auch schon verpasst. Und ich wollte ihr doch unbedingt von unserem Plan erzählen.«

Sie nickt. »Kannst du sie nicht anrufen? Oder ihr einen Brief schicken?«

»Das Telefon wird abgehört. Und die Briefe werden kontrolliert.«

»Oh.«

Ich seufze.

Sie zieht die Schultern hoch. »Dann ist es einfach eine große Überraschung, wenn wir plötzlich vor ihr stehen. Kopf hoch, Ro. Der Ballon ist fast fertig. Wer weiß, vielleicht siehst du sie ja schon in ein paar Tagen.«

Ich schaue sie an. »Stimmt.«

Sie lacht. Ihre Zahnspange glitzert.

»Verdammt«, brummt Archie, er bastelt an einer neuen Zeichnung. »Ich kriege es nicht hin.«

Vor ihm auf der Werkbank liegen Papierknäuel und alle möglichen Gebilde mit Propellern, Drahtstücke, Brettchen und Sprungfedern.

»Geh mal kurz raus«, schlägt Lela vor, »dein Gehirn ein bisschen auslüften.«

»Eine gute Idee«, sagt Archie. Er steht auf und geht hinaus.

Ich sitze allein mit Lela an der Werkbank. Sie lacht auf eine ganz seltsame Art. Als müsste ich etwas sagen, habe aber keine Ahnung was.

Ich stehe auf. »Ich lass mir das Gehirn auch mal schnell auslüften.«

Archie sitzt auf einem rostigen Zaun neben der Scheune. Ohne etwas zu sagen, klettere ich neben ihn.

Er lässt sich an den Knien nach unten hängen. Sein Kopf wird rot.

»Eigentlich verrückt«, sagt er, »dass die Schwerkraft alles nach unten zieht. Stell dir vor, sie würde alles nach oben ziehen. Oder zur Seite.« Er lässt sich schief hängen.

»He«, sagt er und deutet auf den Wassergraben neben dem Weg. »Dort stecken zwei Libellen aneinander fest.«

Ich habe es auch gesehen. Über dem Wassergraben fliegen zwei grünblaue Libellen. Sie hängen mit Kopf und Schwanz aneinander und bilden eine Art Herz. Das Herz schwebt nach links und nach rechts und nach oben, als würde es durch irgendjemand mit der Fernbedienung gesteuert.

»Sieht aus wie eine Drohne«, sage ich.

Peng! Archie ist vom Zaun gefallen. Er liegt auf dem Boden, mit verknäulten Armen und Beinen. »Ro«, sagt er, »du bist brillant. Habe ich dir das schon gesagt?«

Sechsundfünfzig Quadratmeter

Wir haben eine Lösung für das Steuerungsproblem gefunden. Dank der Libellen.

Wir werden Archies Drohne benutzen. Sie ist stark genug. Archie hat es genau ausgerechnet. Der Wind bläst uns vorwärts, und wenn es nötig ist, zieht uns die Drohne leicht zur Seite. Es ist nicht viel, reicht aber aus, um uns auf dem Gugelhupf landen zu lassen.

Jetzt rückt die Sache immer näher. Nächste Woche wird das Wetter gut; bewölkt (also nachts richtig dunkel) und vielleicht Wind aus südlicher Richtung. Windstärke drei ist vorausgesagt, das würde genau passen, denn zu stark darf es auch nicht wehen, dagegen käme unser Ballon nicht an.

Jetzt müssen wir nur noch unseren Zelteballon fertig machen.

»So«, sagt Lela seufzend, als wir am Sonntagnachmittag das zehnte Zelt endlich festgemacht haben. Sie wischt sich den Schweiß von der Stirn. Mir tun die Knie und der Rücken vom vielen Hinkauern weh, und meine Finger haben Löcher, weil ich mit der Nadel so oft danebengestochen habe.

Wir treten einen Schritt zurück, um unseren Zeltteppich zu begutachten. Er sieht schon ziemlich groß aus.

»Wie weit sind wir jetzt?«, fragt Lela.

Archie geht mit einem Maßband die ausgebreiteten Zelte entlang. »Ungefähr sieben auf acht Meter. Das heißt sechsundfünfzig Quadratmeter.«

»Heißt das, wir sind fast fertig?«

Archie stülpt die Lippen vor. »Nicht wirklich. Oder eigentlich: wirklich nicht. Er muss ungefähr ... viermal so groß werden.«

Ich habe das Gefühl, als würde meine Batterie auf einen Schlag leer laufen.

»Das ist doch nicht dein Ernst«, stöhnt Lela.

Ich lasse mich auf einen Heuballen sinken.

»Wie ist das möglich?«, stößt Lela aus.

»Na ja, wir sind nur zu dritt«, murmelt Archie.

Lela ist blass geworden. Und sogar Archie lässt die Schultern hängen.

Ich stehe auf. »Morgen bringt mein Vater wieder eine neue Ladung Zelte. Hoffen wir, dass ein großes dabei ist. Ein Zirkuszelt oder so was. Das würde eine Menge ausmachen ...«

Am folgenden Nachmittag liegt wieder ein Stapel Zelte für mich im Flur, aber es ist kein einziges großes dabei. Das bedeutet noch wochenlange Arbeit. Was sage ich da, monatelange.

Ich lade die Zelte auf meinen Wagen und radle zur Scheune.

Ich habe so sehr gehofft, wir könnten schon in der nächsten Woche losziehen. Aber das werden wir nie schaffen.

Und dann, als ich schon fast am Ende des Pfades bin, sehe ich es und trete sofort auf die Bremse. Zwei fremde Fahrräder lehnen am Scheunentor. Polizei, das ist das Erste, was mir durch den Kopf schießt. Aber das ist ausgeschlossen, sie haben keine kleinen Fahrräder. Und ganz bestimmt keine rosafarbenen.

Ich stelle mein Rad ab und schleiche mich zum Tor, um durch den Spalt hineinzulugen. Dort, in der Scheune, stehen zwei Mädchen und schauen sich kichernd um. Roos und Mila, aus unserer Klasse.

Ich schiebe das Tor auf. »Was macht ihr hier?«

Sie klettern schnell aus dem Korb.

Archie und Lela sind auch da, sie stehen an der Werkbank.

»Ich hab's ja gesagt«, murmelt Archie.

Lela räuspert sich. »Ich habe Roos und Mila gefragt ... weil wir es zu dritt doch nicht schaffen.«

»Wir möchten gern helfen«, sagt Roos.

Und Mila fügt hinzu: »Wir finden den Plan echt gut.«

Ich schaue Lela verblüfft an. »Du hast ihnen alles erzählt?«

Sie seufzt. »Und sie haben geschworen, es geheim zu halten.«

Roos und Mila heben sofort zwei Finger hoch. »Ultrageheim«, sagen sie im Chor.

Ich mache einen Schritt auf Lela zu. »Wenn eine von

ihnen etwas verrät«, flüstere ich, »dann können wir den ganzen Plan vergessen.«

Sie stemmt die Hände in die Seiten. »Wenn wir hier zu dritt weiter herumfummeln, werden wir nie fertig, und der Direktor bekommt schon bald eine enorme Rechnung für die Heliumflaschen, und dann sind wir erledigt. Ist dir das klar?«

Ich schnaube. Roos und Mila schauen mich fragend an.

»Ihr zwei also«, sage ich. »Aber ihr müsst schweigen wie ein Grab.«

»Klar«, sagt Roos spitz. »Was glaubst du denn.«

»Du könntest dich ruhig bei uns bedanken«, murmelt Mila. »Wir haben sogar eine Nähmaschine mitgebracht.«

»Ja, tut mir leid, ich ... ich finde es schön, dass ihr zum Helfen kommt. Aber es ist am besten, wenn möglichst wenig Leute von dem hier erfahren.« Ich kratze mich am Kopf. »Ich will einfach nicht, dass unser Plan verraten wird. Echt nicht.«

Achtundfünfzig Hände

Aber am nächsten Nachmittag lehnen sechs Fahrräder an der Scheune. Roos und Mila haben auch ein paar Freundinnen gefragt. »Aber nur unsere allerbesten Freundinnen. Wir wissen genau, dass sie zuverlässig sind.«

Und am Donnerstag sind es vierzehn Fahrräder. Denn die »allerbesten Freundinnen« haben ihrerseits ein paar Leute gefragt (zum Glück sind diesmal auch ein paar Jungen dabei). Ich bekomme Bauchweh, wenn ich an all die Kinder denke, die sich verplappern könnten. Aber der Zeltteppich wächst mit Riesenschritten.

In der Schule merkt man, dass etwas los ist. Tuschelnde Gruppen. Heimliche Zettelbotschaften.

Und als ich am Freitag das Scheunentor aufmache, starrt mir fast die ganze Klasse entgegen. Ich schwör's.

»Gut, was?«, fragt Archie grinsend.

»Aber ...«

»Es läuft wie geschmiert.«

Und das stimmt. Der Zeltteppich erstreckt sich nun über die ganze Scheune. Überall knien Kinder mit vor Anspannung roten Gesichtern, alle mit Nadel und Faden in der Hand, und daneben rattern mindestens fünf Nähmaschinen. Es ist wie in einer Fabrikhalle. Jeder arbeitet, jeder hilft. Ganz von allein steigt mir ein Grinsen ins Gesicht.

»Nur Menno hat niemand gefragt«, sagt Lela lachend.

Sharif sieht mich da stehen. Grinsend steht er auf und klopft sich den Schmutz von den Knien. Thijs steht ebenfalls auf, und immer mehr Kinder starren mich an.

Lela versetzt mir einen Stoß. »Ich denke, es ist jetzt Zeit, etwas zu sagen ...« Sie deutet auf einen Heuballen und schiebt mich hinauf. Alle werden still. Sogar die Nähmaschinen.

Wieder sind es Augen, die auf mich gerichtet sind. Genau wie damals im Museum. So viele Augen, die mich anstarren. Aber diesmal sind es ganz andere Augen. Keine, die mich verächtlich anschauen und sagen: Deine Mutter ist eine Diebin. Es sind auch keine großen, ängstlichen Augen, die glauben, ich wäre gefährlich. Nicht einmal Hundeaugen, die mich bedauernswert finden. Nein, diese Augen funkeln.

»Eh ... Leute«, stottere ich, »ich finde es super, dass ihr alle helfen wollt ... Das hätte ich nie gedacht. Als Menno im Museum gesagt hat, meine Mutter hätte das Logbuch gestohlen, habe ich eigentlich gedacht, ihr würdet ihm glauben ...«

Ein paar Kinder schlagen die Augen nieder.

Ich fahre fort: »Aber ich weiß genau, dass sie unschuldig ist ...«

»Ich auch!«, ruft Sharif. »Ich glaube das auch.« Und die anderen stimmen ihm zu. »Wir auch! Wir auch!«

»Und ich weiß auch genau«, sage ich weiter, »dass sie nicht im Gefängnis sein sollte. Sondern bei uns zu Hause. Bei mir und meinem Vater.«

Ich werfe einen Blick zur Seite, zu Lela. Ihre Augen glänzen.

»Und deshalb ist es schrecklich wichtig, dass ihr nichts über unser Projekt verratet. Kein Wort. Auch nicht aus Versehen. Überhaupt gar nichts. Weder euren Eltern noch euren Brüdern oder Schwestern, nicht einmal eurem Hund. Und kein Wort zu Menno. Wenn sein Vater von der Sache Wind bekommt ...«

»... fährt er hier mit heulenden Sirenen vor«, sagt Thijs.

»Genau.«

»Wie ist's«, ruft Sharif. »Arbeiten wir jetzt weiter oder wie sieht's aus?«

Mit achtundfünfzig Händen geht es schnell vorwärts.

Alle puzzeln und nähen und kleben. Mit ein paar Flaschenzügen ziehen wir den Ballon bis an den Dachbalken. So kommen wir leichter dran und er kriegt schon eine runde Form.

Am Samstagnachmittag haben wir genug Zelte aneinandergenäht und stehen vor dem letzten Schritt.

3. Schritt: Luftdicht machen.
(Oder besser gesagt, Heliumdicht.)

1. Die ganze Klasse fragen, ob sie hilft
(außer möglichen Verrätern).

2. Alle bitten, einen Pinsel und möglichst viel Klebeband und Lack mitzubringen.
3. Alle Nähte und Reißverschlüsse mit Klebeband abkleben.
4. Den ganzen Ballon mit Lack bestreichen. Kein Fleckchen auslassen, damit er ganz luftdicht wird.

Schließlich hängt der Ballon am Dach, von oben bis unten mit Lack beschmiert. Es stinkt schrecklich, und allen ist ein bisschen schwindlig von den Dämpfen. Aber keiner

scheint das besonders schlimm zu finden. (Alle sind sehr fröhlich und lachen sich halb kaputt.)

Der Ballon hängt natürlich noch schlaff herunter, weil er noch nicht mit Helium gefüllt ist, aber man sieht schon, wie enorm groß er ist.

Wir binden den Heukorb mit vier dicken Seilen an den Ballon und befestigen die Drohne. Dann ist es so weit. Unser Ballon ist fertig.

Lela holt drei Flaschen Cola aus ihrem Rucksack. »Brause«, sagt sie. »zum Feiern.«

Und das tun wir. Wir prosten uns gegenseitig zu und kichern, ein paar Kinder fangen an, um den Ballon zu tanzen, und keiner kann aufhören zu lachen.

Als wir uns von den Letzten verabschiedet haben, drehe ich mich zu dem Ballon um. Er ist gigantisch.

Archie stellt sich neben mich. Ich lege einen Arm um ihn. »Ich kann's kaum glauben ...«

Lela kommt auf meine andere Seite und legt eine Hand auf meine Schulter. »Und doch ist es wahr.«

Ich würde auch gern den Arm um Lela legen. Aber mein Arm traut sich nicht.

»Lang lebe unsere Klasse«, sagt sie.

»Und lang lebe Archie, unser schlauer Erfinder«, sage ich.

»Und lang lebe Lela«, sagt Archie, »unsere Alles-Hinkriegerin.«

Lela bekommt wieder einen Lachanfall. Und Archie strahlt wie eine Glühlampe.

Warten auf Wind

Den Sonntagnachmittag brauchen wir noch für die letzten Vorbereitungen: den Ballon nach unten ziehen, aufrollen und alles für den Start vorbereiten.

Und dann heißt es, auf Wind zu warten. Und auf eine dunkle Nacht. Wann immer wir können, prüfen wir die Wettervorhersage. Noch nie war der Wetterbericht so spannend.

Abends kann ich kaum einschlafen. Ich habe eine Windfahne gebastelt, die ich von meinem Fenster aus sehen kann und nicht aus den Augen lasse. Wir haben zwar Wind, aber nicht aus dem Süden.

Am Montag dreht sich der Wind zwar in die richtige Richtung, aber die Nacht ist hell. Das ist gefährlich, denn im Mondlicht kann man uns leicht sehen. An den folgenden Tagen kommen zwar Wolken auf, doch da dreht sich der Wind wieder. Vielleicht dauert es ja noch Wochen bis zu einer passenden Nacht.

Endlich, am Freitagnachmittag, kommt Archie in der Pause zu mir und Lela gerannt. »Der Wind dreht sich. Heute Nacht werden wir Südwind haben. Und genug Wolken.« Er deutet hinauf zu dem grauen Himmel.

Am liebsten würde ich ein Loch in die Luft springen.

Aber ich kann nur schlucken. Und nicken. »Gut, dann machen wir es heute Nacht.

Wir verabreden uns für neun Uhr an der Großen Scheune. Archie und Lela werden zu ihren Eltern sagen, wir würden bei mir eine Schlafparty feiern, mit Filmegucken und so. Für meinen Vater brauche ich mir keine Ausrede auszudenken, er achtet sowieso nicht darauf, ob ich im Bett liege oder nicht. Ich lege ihm einen Zettel hin. Und wenn alles klappt, kann ich ihn morgen früh schon anrufen und sagen, dass er sich keine Sorgen zu machen braucht. Dass ich sicher auf Schiermonnikoog bin. Mit Mama.

Den Rest des Nachmittags und des Abends kriechen die Stunden unerträglich langsam vorbei. Ich lege mir was zum Anziehen bereit, kontrolliere meine Sachen, kontrolliere sie noch einmal und noch einmal, ansonsten kann ich nur warten. Und dann, um Viertel vor neun, ist es so weit. Ich schleiche mich aus dem Haus.

Es ist stockdunkel auf dem Fahrrad, vor allem das letzte Stück. Es gibt auf dem ganzen Weg nur eine Straßenlaterne, ganz am Ende. Vor der Scheune fahre ich fast Lela um. Sie steht im Schatten und ist mit ihrer schwarzen Kleidung kaum zu erkennen. Nur ihre Augen sind heller. Und sie sehen sehr ängstlich aus, diese Augen.

»Ro«, sagt sie, »was ist, wenn alles schiefgeht? Wenn die Wachleute uns schnappen oder wenn wir abstürzen und ertrinken ...« Sie zittert.

»Traust du dich nicht mehr?«

»Nein, nein, ich will mit«, sagt sie schnell.

»Bist du sicher?«

»Ganz sicher«, sagt sie. »Weißt du was, Ro ... während wir in den letzten Tagen so mit Basteln und Ausprobieren beschäftigt waren, habe ich auch eine wichtige Entdeckung gemacht.«

»Was denn?«

Sie kichert. »Siehst du es wirklich nicht?«

»Es ist schrecklich dunkel ...«

»Ich ...«

Sie erschrickt, als plötzlich Bremsen quietschen. Es ist Archie. Er keucht. »Je, ich wäre fast auf euch draufgefahren.«

Lela dreht sich schnell um und fährt ihr Rad zur Scheune.

Ich habe ein komisches Gefühl im Bauch. Nicht nur aus Nervosität. Da ist noch was anderes.

Wir schieben das Tor auf. Das blasse Licht der Straßenlaterne reicht gerade, um dabei arbeiten zu können. Lela bringt den Korb auf einer Karre nach draußen. Und als wäre es ein enormer bunter Brautschleier, schleppen Archie und ich den leeren Zeltballon vorsichtig hinterher, bis alles im Gras liegt. Wir binden noch drei schwere Traktorreifen an den Korb, als Anker, damit er nicht sofort losfliegt. Dann kann das Füllen beginnen.

Lela und ich fahren mit der Karre eine Heliumflasche nach der anderen zum Ballon. Ab und zu wirft sie mir einen seltsamen Blick zu, sagt aber nichts mehr.

Archie schließt jede Flasche mit einem Schlauch an das

Ventil an, das er unter dem Ballon angebracht hat. Er dreht den Hahn auf, und das Helium strömt laut zischend in den Ballon. Langsam, eine Flasche nach der anderen, dehnt er sich aus. Nach etwa vier Flaschen erhebt er sich ein Stück über den Boden.

Mein Bauch fühlt sich seltsam an, als würde er ebenfalls aufgeblasen.

Eine Stunde später ist auch die letzte Flasche leer. Der Ballon schwebt und schwankt im Wind, er zieht die Seile straff, als warte er ungeduldig darauf, den Korb in die Luft zu heben.

Wir schauen nach oben. Rund kann man es nicht nennen. Wegen der unterschiedlichen Zelte zeigen sich überall Zipfel und Beulen.

»Sieht eher aus wie ein Kaktus«, murmelt Lela.

»Oder wie ein Erdnusstoffee«, sagt Archie. »Ein Riesenerdnusstoffee.«

WIPFEL

»Sind wir so weit?« Ich schaue meine Ballonmitfahrer an. »Drohne?«

»Gecheckt«, sagt Archie.

»Strickleiter?«

»Gecheckt«, sagt Lela.

»Rettungsboot?«

»Aufgepumpt«, sagt Archie.

»Taschenlampen? Kompass? Landkarte? Kekse? Scheren? Mamasack? Torpedomöwe?«

Wir haben alles.

Dann klettern wir in den Korb. Über uns schüttelt sich der Ballon im Wind hin und her, der ganze Korb zittert. Mein Mund ist staubtrocken und ich habe ein Gefühl, als wäre mein Magen hochgestiegen und stecke jetzt irgendwo in meiner Kehle fest. Wir nehmen jeder eine Schere und halten sie bereit, um die Ankerseile durchzuschneiden.

Ich fange an zu zählen. »Drei ... zwei ... eins ...

Schnitt!«

Und mit einem leichten Seufzer steigen wir hinauf.

Die ersten Meter geht es noch senkrecht nach oben. Dann

packt der Wind den Ballon und bläst uns fort von der Scheune, über das Feld.

Ich halte mich am Rand des Korbs fest. Mein Herz klopft heftig. Ich versuche, alles gleichzeitig im Auge zu behalten, den Wind, den Ballon über uns, den schwankenden Korb, den Boden ... Den Boden. Unter uns sehe ich alles kleiner und kleiner werden: die Traktorreifen, den Zaun, den Graben und die Scheune.

Ich träume. Nein, ich träume nicht, es passiert in echt, ich fliege, ich kann es spüren: die kalte Luft auf den Wangen, das Schwanken des Korbs, Archie, der mich am Arm packt ... »Wir fliegen«, flüstert er. »Wir fliegen, wir fliegen, wir fliegen!«

Lela hat Mund und Augen aufgerissen.

Schräg vor uns sehen wir in der Ferne Lichter auftauchen. Ich spähe in die Finsternis, aber je weiter wir uns von der Scheune entfernen, umso dunkler wird es. Ein einziges großes schwarzes Nichts.

Lela kneift die Augen zusammen. »Was ist das dort?« Sie deutet nach vorn. »Ich mache meine Taschenlampe an.«

»Noch nicht«, sage ich.

»Aber wir müssen doch sehen, ob wir richtig sind, oder?«

»Warum sollten wir nicht richtig sein?«, sagt Archie. »Eigentlich kann am Anfang wenig schief...«

PENG! BUMM! Mir lautem Knirschen und Krachen knallen wir irgendwo dagegen. Etwas peitscht gegen meinen Kopf, Archie wird gegen mich geschleudert, Lela klammert sich an einem Seil fest.

Wir hängen still da. Ziemlich schräg. Archie und ich liegen übereinander in einer Korbecke.

Lela knipst ihre Taschenlampe an.

Zweige. Wir hängen im Wipfel eines Baums.

Neuer Rekord

Lela beleuchtet mit der Taschenlampe unsere Umgebung. Der Korb sitzt wie ein großes Nest zwischen den Zweigen. Der Ballon schwebt über dem Baum, aber eines der Zugseile hat sich in einem Zweig verhakt.

»Warum hängen die Zugseile noch dran?«, zischt Lela.

»Ich habe gedacht, wir würden sie vielleicht noch brauchen«, murmelt Archie.

»Sehr geschickt ...«

Archie stöhnt. »Vierundzwanzig Sekunden ... Das ist vielleicht ein neuer Rekord. Der kürzeste Ballonflug aller Zeiten.«

Ich richte mich auf und schaue nach oben. Das Zugseil hängt an einem Ast etwa zwei Meter hinter uns. Zu weit weg, um einfach dranzukommen.

Aber wenn man nichts versucht, passiert auch nichts.

Ich schwinge ein Bein über den Korbrand.

»Was hast du vor?«, fragt Lela.

»Uns befreien. Leuchte mal.« Ich steige auch mit dem zweiten Bein über Bord. Auf der Unterseite des Heukorbs steht ein Rand über, gerade groß genug, dass ich darauf stehen kann. Ich halte mich am Korbrand fest und strecke den Arm so weit wie möglich aus, aber er ist zu kurz.

»Ro«, sagt Archie, »wenn sich das Zugseil plötzlich löst ...«

»Ja, ja. Gib mir die Hand.«

Archie packt mein Handgelenk und ich lehne mich ganz vorsichtig noch weiter zurück. Fast ... Ich hole mein Taschenmesser hervor, strecke den Arm ... »Noch ein bisschen weiter, Archie.« Das Messer erreicht das Seil und ... zerschneidet es auf der Stelle. Mit einem Satz schießen der Ballon und der Korb nach oben. Meine Füße rutschen vom Rand und ich falle ...

... aber Archie hält meinen Arm fest. Bumm! Ich schlage mit der Brust gegen die Seitenwand, aber ich bleibe hängen. Knackend rutscht der Korb durch die Zweige, ich werde mitgeschleift, fast wird mir der Arm abgerissen.

»Ro!«, schreit Lela und greift nach meiner anderen Hand.

Wie ein Sandsack baumele ich an der Seite des Korbs. Ich spüre noch ein paar Zweige gegen meine Beine schlagen, dann nichts mehr. Wir schweben über dem Baum. Und unter uns lauert die dunkle Tiefe.

Lela und Archie ziehen aus aller Kraft und zerren mich hoch, bis ich endlich in den Korb zurückfalle.

Lela hilft mir auf. »Du hättest leicht abstürzen und tot sein können! Weißt du überhaupt, wie hoch wir sind?«

Ich keuche. »Zum Glück nicht.«

Wir schweben weiter durch die Nacht. Ich habe auf der Brust und an den Beinen ein paar Schrammen und meine Arme scheinen zehn Zentimeter länger zu sein, aber ansonsten ist es nicht so schlimm. Archie macht einen verstörteren Eindruck. Er zittert am ganzen Körper.

Ich lege ihm die Hand auf die Schulter. »Geht's?«

Er nickt. »Ich ... ich habe vorübergehend vergessen, dass es auch schiefgehen kann.«

»Vergessen?«, stößt Lela aus. »Ich denke die ganze Zeit daran, was schiefgehen kann: Was ist, wenn der Wind sich dreht? Was, wenn der Ballon reißt? Was, wenn die Wachleute uns schnappen? Wenn alles klappt und wir heil nach Hause kommen, werde ich eine große Party feiern.«

Archie starrt sie mit großen Augen an. Er schluckt. »Und gehen wir dann mal zusammen ins Kino?«

Lela runzelt die Stirn. »Was? Du meinst, zu dritt?«

»Nein, ich habe eigentlich gemeint ...«

»Schaut mal!«, ruft Lela. Links vor uns taucht ein Mosaik aus Hunderten von Lichtern auf. »Die Stadt ...«, sagt sie. »Mit den Kirchtürmen. Und der Hafen ...«

»Gleich fliegen wir über das Meer«, sage ich. »Mal sehen, ob wir noch auf Kurs sind.«

Ich nehme den Kompass und die Karte. »Wir fliegen jetzt Nordnordost. Und wir müssen nach Norden. Wir müssen ein bisschen weiter links steuern. Zeit für deine Drohne, Archie.«

Aber er hört mich nicht. Er schaut Lela an.

»Archie? Die Drohne?«

»Ja, ja.« Er macht eine Schachtel an der Korbwand auf und holt die Steuerung und die Drohne mit dem Seil heraus. Den Riemen der Steuerung hängt er sich um den Hals.

Dann schaltet er die Drohne ein und lässt sie aus seiner Hand aufsteigen. Als würde er eine Taube freilassen.

Mit der Steuerung lotst er sie so weit wie möglich von uns weg, bis das Seil straff ist. So fliegt die Drohne seitlich neben uns her.

»Ich glaube nicht, dass sie überhaupt etwas zieht«, sagt Lela.

»Tut sie doch«, sagt Archie ein bisschen eingeschnappt. »Schau doch mal auf den Kompass.«

Es stimmt. Der Kompass zeigt an, dass wir nun direkt nach Norden fliegen. Direkt auf den Gugelhupf zu. Ich hebe meine Hand für ein High Five. »Es funktioniert.«

»Natürlich«, brummt Archie, ohne mich anzuschauen. »Was hast du denn gedacht?«

Meine Hand bleibt in der Luft hängen.

»Archie?«

Riss

Minuten gleiten vorbei. Genau wie das Land unter uns. Und kurz darauf das Wasser.

Ein paar Mal wiederholen wir unseren Plan. Archie ist nicht ganz bei der Sache. Aber er muss ja auch auf seine Drohne achten.

»Schau«, sagt Lela, als wir über das Meer schweben. »Dort in der Ferne, das muss der Leuchtturm von Schiermonnikoog sein. Und dann muss dort ...«

Jetzt sehen wir es auch. Ein Stück vor den Lichtern von Schiermonnikoog zwei helle Lichtpunkte. Jetzt ist eins schwach, dann wieder hell.

»Die Suchscheinwerfer vom Gugelhupf ...«, flüstere ich. »Nur noch ungefähr zehn Minuten fliegen ...«

Archie späht angespannt in die Ferne. Wie ein Steuermann steht er vorn im Korb, die Steuerung in den Händen. Lela und ich stehen hinter ihm.

Sie lehnt sich an die Rückseite des Korbs. »Ro?«

»Ja?«

»Hast du Angst?«

»Ich weiß nicht, ich glaube nicht.«

»Ich schon«, gesteht sie »Hier. Mein Herz ist wie ein durchgeknallter Trommelcomputer.«

»Ich glaube, es ist wirklich schwer, direkt auf dem Dach zu landen«, sage ich. »Aber es muss einfach klappen. Ich habe es im Gefühl.«

»Hast du keine Angst, deine Mutter zu sehen?«

»Natürlich nicht. Warum sollte ich?«

»Ich meine ... Manchmal möchte man etwas so sehr, dass man fast Angst davor bekommt. Kennst du das?«

Ich zucke mit den Schultern.

»Lass nur.« Einen Moment wird es still, bis auf das Summen der Drohne.

»Weißt du, Ro«, sagt Lela, »dass du beschlossen hast, deine Mutter zu befreien ... Das finde ich so lieb ...«

Ich spüre, wie mein Gesicht rot wird. Zum Glück ist es dunkel.

Sie beugt sich zu mir und fragt leise: »Wenn ich im Gefängnis sitzen würde, würdest du mich dann auch befreien?«

Ich grinse. »Klar. Wenn du unschuldig wärst.«

Sie kichert. Dann beugt sie sich noch weiter zu mir und gibt mir einen Kuss. Einfach so. Auf den Mund. Ich bin zu überrascht, um etwas zu sagen.

Archie hat sich umgedreht. Seine Augen scheinen in der Dunkelheit zu glühen. Lela weicht erschrocken zurück.

»Vielleicht ist deine Mutter ja gar nicht unschuldig«, faucht er mich an.

In einer Sekunde scheint mir das Blut in den Adern zu gefrieren. »Was hast du gesagt?«

»Vielleicht lügt sie!«, ruft Archie. Seine Stimme zittert.

»Wa... warum sagst du das?«, stammelt Lela.

»Es könnte doch sein, oder?« Archie hält die Steuerung wie einen winzigen Schild vor sich. »Du willst es nicht hören, aber was ist, wenn die Polizei recht hat? Vielleicht ist sie einfach eine ...« Er spuckt mir die Worte entgegen: »... eine Diebin!«

Ich sehe rot. Meine Faust fliegt schon nach vorn. Er hebt die Hand, um mich abzuwehren, und ich treffe die Steuerung, die gegen sein Gesicht knallt.

»Jungs, hört auf!«, schreit Lela.

Ich packe Archie am Kragen. »Ich habe gedacht, wir wären Freunde.«

»Das habe ich auch gedacht!« Er stößt mich nach hinten, mein Rücken schlägt an den Korbrand. »Aber du bist genauso ein dreckiger Dieb wie deine Mutter!«

»Was?«

»Du hast mir Lela geklaut.«

Meine Faust bleibt in der Luft stecken.

Verblüfft schaue ich von Archie zu Lela. »Habe ich ...«

Lela stemmt die Hände in die Seiten. »Ich gehöre niemandem, verstanden?« Sie will noch etwas sagen, und stockt plötzlich. Sie deutet hinter uns. »Oh nein ...«

Die Drohne hat die Richtung geändert und fliegt nun schnell auf den Ballon zu. Archie greift nach den Hebeln der Steuerung, aber es ist zu spät. Die Drohne bohrt sich seitlich in den Ballon und mit einem reißenden Geräusch bohren sich die Propeller in das Zelttuch. Die Drohne taumelt abwärts, und dann ist es still. Wir hören nur ein leises Zischen. Und über uns, in dem Ballon, ist ein fußballgroßes Loch.

Pfff

»Wer fängt denn auch in einem Ballon an zu kämpfen!«, ruft Lela.

»Wer fängt denn auch in einem Ballon an zu küssen!«, faucht Archie zurück.

»Aufhören«, sage ich schnell. »Wir haben keine Zeit für Streitereien. Wir müssen erst das Loch schließen. Sehr schnell.«

»Womit?«, schnauzt Archie. »Mit Luftballonaufklebern?«

Archie und ich starren nach oben. Wir sehen, dass der Ballon schon schrumpft.

»Jungs, schaut«, flüstert Lela. Sie deutet schräg nach unten.

Die Insel. Durch unseren Streit haben wir nicht gemerkt, dass wir schon so nah sind. Da liegt sie, keine hundert Meter von uns entfernt. Ich sehe die beiden Leuchttürme. Dazwischen den Gugelhupf, in Dunkelheit gehüllt. Kaum ein paar beleuchtete Fenster.

Ich spähe direkt nach unten und erschrecke. Pechschwarzes Wasser. Es kommt schnell näher, schneller, als ich gedacht habe. Zum ersten Mal spüre ich Höhenangst, wie eine große Klaue packt sie meine Lungen und presst sie leer, ich schnappe nach Luft. Stehen bleiben. Nachdenken.,

»Was sollen wir tun?«, ruft Lela.

»Pssst«, zische ich. »Wir sind so nahe ... Gleich können sie uns hören.«

Sie packt mich. »Und? Wir stürzen ab!«

»Nun ja«, sagt Archie. »Abstürzen würde ich es nicht nennen. Es ist eher ... notlanden.«

Der Ballon wird immer schlaffer und leerer. Wir sinken und sinken, und der Wind schiebt uns immer mehr in Richtung Insel. Unter uns sehen wir einen Lichtstrahl über das Wasser gleiten.

»Können wir eine Notlandung überleben?«, piepst Lela.

»Überleben ist nicht genug«, flüstere ich. »Wir müssen auch noch den Suchscheinwerfern entkommen ...«

Noch ungefähr dreißig Meter bis zum Wasser ... noch zwanzig ... Ganz kurz werden die Wellen unter uns grell beleuchtet, ich sehe die Schaumkronen. Dann wird das Wasser wieder pechschwarz.

»Halt dich gut fest ...« Ich packe den Rand und eines der Taue fest und stemme mich dagegen. »Und Zähne zusammenbeißen ...«

Platsch! Der Schlag dröhnt durch meinen ganzen Körper. Wasser spritzt auf.

Der Korb wird heftig geschüttelt und kippt gefährlich

weit nach vorn. Lela fällt fast über Bord, Archie erwischt sie gerade noch an der Jacke. Ich lehne mich so weit zurück wie möglich, um den Korb ins Gleichgewicht zu bringen ... Er schaukelt wild auf und ab, wird aber noch nicht überschwemmt.

Mit einem leisen Plopp fällt der schlaffe, halbleere Ballon hinter uns auf das Wasser. Dann ist es still, bis auf das Rauschen der Wellen.

Wir treiben.

»Leben wir noch?«, fragt Lela keuchend.

»Ich glaube schon«, flüstere ich.

Viel Zeit haben wir nicht, um wieder zu uns zu kommen, denn über das Wasser kommt ein Lichtbündel auf uns zu. Wir können nicht weg, wir können uns auch nirgends verstecken.

Dann höre ich hinter mir ein Klicken und ein sanftes Rauschen. Über meine Schulter schießt etwas Weißes. Pfeilschnell. Es ist zu dunkel, um es zu erkennen, aber es sieht aus wie ... eine Möwe.

Wie eine Rakete schießt sie direkt auf das grelle Licht des Suchscheinwerfers los. Peng! Glas klirrt.

Das Dunkel um uns scheint noch schwärzer zu werden. Hinter mir kann ich gerade noch Archie erkennen, er steht

da, mit etwas Länglichem in den Händen. Das muss das Möwengewehr sein.

»Archie«, flüstere ich bibbernd, »das war ...«

»... gerade noch rechtzeitig«, stöhnt er erleichtert.

Das einzige Licht kommt von den Fenstern im Gugelhupf und von einem Suchscheinwerfer hinter dem Gebäude, aber das kann uns nicht erreichen. Hinter dem Fenster oben im Gebäude sehe ich die Umrisse eines Wachmanns. Er hebt die Arme hoch. Ein zweiter Wachmann kommt dazu, dann verschwinden alle beide.

»Haben sie uns gesehen?«, fragt Lena flüsternd.

»Ich glaube nicht«, antworte ich. »Es ist hier so dunkel. Ich kann dich kaum ...« Ich stocke, denn ich spüre plötzlich etwas Kaltes und Nasses an den Füßen. »Hat der Korb etwa ein Loch?«

»Ja, hat er«, stöhnt Archie. »Als Ablauf für Regen habe ich ungefähr zwölf Löcher in den Boden gebohrt ...«

»Zeit für das Rettungsboot.«

Schaukeln

Zwanzig Sekunden später sitzen wir zusammengepfercht im Schlauchboot. Samt Paddeln und was wir sonst noch an Sachen mitnehmen konnten. Und mit klatschnassen Füßen.

Sofort zieht die Strömung unser Bötchen zur Seite und stößt uns fast gegen eine Boje. Es gelingt mir, mein Paddel hinter der Boje festzuhaken. Wellen klatschen, Wind weht mir kalt in den Nacken. Aber unser Bötchen liegt still da.

Wir schaukeln. Keine fünfzig Meter vom Gefängnis entfernt. Im Stockdunklen.

Ich kann von hier aus die Zelle meiner Mutter sehen. Dritter Stock, zweite von rechts. Es brennt Licht. Vielleicht ist sie noch wach. Vielleicht denkt sie gerade an mich.

Tut mir leid, Mam. Wir hatten einen Plan. Aber der ist ins Wasser gefallen.

Eine Weile sagen wir nichts. Wir starren den sinkenden Korb an, der immer weiter von uns weg treibt. Unser Rettungsboot ist eigentlich zu eng, ich werde zusammengefaltet an Archie gedrückt.

»Tut mir leid, Ro«, murmelt Archie. »Was ich über deine Mutter gesagt habe, habe ich nicht so gemeint.«

»Mir tut's auch leid. Ich hätte dich nicht angreifen dürfen … So was Blödes. So was Saublödes. Ich weiß nicht, wie es passiert ist. Es war eine Art …«

»… Kurzschluss«, sagt Archie.

»Ja.«

»Den hatte ich auch.«

Lela seufzt. »Und ich hätte nicht … ihr wisst schon. Aber Archie, ich habe echt nicht gewusst, dass du …«

»Vom ersten Tag, seit du bei uns in der Schule bist«, gibt Archie zu.

»Wirklich?«

»Ich kann doch auch nichts dafür«, murmelt Archie so leise, dass man es kaum hört. »Du bist irgendwie magnetisch.«

Einen Moment lang bleibt es still.

»Schau, Archie, ich finde dich sehr nett«, flüstert Lela. »Und … und das ist es. Verstehst du? Sehr nett.«

»Ich verstehe«, sagt Archie seufzend.

Wieder wird es still.

»Geht's?«, fragt Lela.

»Nein«, nuschelt Archie. »Deine Knie drücken mich am Rücken.«

»Oh, tut mir leid.«

Ich schüttelte den Kopf. »Die ganze wochenlange Arbeit. Die Pläne. War das alles für die Katz?«

Lela seufzt. »Wir sind so nah. Der Suchscheinwerfer ist ausgeschaltet. Wir sind fast unsichtbar in der Dunkelheit. Wir haben nur keinen Ballon mehr …«

»Wir haben noch das Bötchen …«, flüstert Archie. »Und

Schiermonnikoog ist nicht so weit weg. Fällt uns denn gar nichts ein?«

Ich könnte die beiden umarmen. Fast rutscht mir das Paddel aus der Hand. »Ihr wollt also weitermachen?«

»Natürlich«, sagt Archie.

»Wir gehen hier nicht weg ohne deine Mutter«, sagt Lela.

»Ihr seid wirklich ... brillant.« Ich muss mich räuspern. »Okay. Plan B ...« Doch dann fällt mir plötzlich etwas ein. »Wartet ... Sogar wenn wir sie jetzt noch aus ihrer Zelle befreien können, wie kriegen wir sie dann noch ins Boot?«

Es bleibt lange still.

»Da gibt es nur eins«, sagt Lela leise. »Du fährst allein mit deiner Mutter nach Schiermonnikoog.«

»Und ihr?«

»Wir bleiben hier. Wir verstecken uns zwischen den Dünen. Und morgen, wenn Besuchsstunde ist, versuchen wir, heimlich auf die Fähre zu schleichen.«

»Am helllichten Tag?«

»Das ist unsere einzige Chance«, flüstert Lela. »Archie, traust du dich, dich in den Dünen zu verstecken? Zusammen mit mir?«

Archie dreht sich zur Seite. »Willst du das?«, stottert er.

»Das wird bestimmt ganz gemütlich«, sagt Lela lachend.

»Aber wie kommen wir auf den Balkon?«, frage ich.

»Ich habe vielleicht eine Idee«, sagt Archie und lädt eine neue Möwe in sein Torpedogewehr.

Plan B

Die Paddel gleiten durch die Wellen. Ich weiß es nicht genau, aber es sieht aus, als wären im Gugelhupf weitere Lichter angegangen. Ich sitze vorn und spähe zu dem Fenster, hinter dem ich vorhin den Wachmann gesehen habe. Jetzt steht dort niemand.

Kurz vor der Insel schwankt das Boot wilder auf und ab. Es ist so dunkel, dass ich kaum sehe, wo der Strand anfängt.

Und dann, mit einem Schlag, steckt unser Boot im Sand fest.

Wir steigen ins Wasser und schleichen in Richtung Strand. Das Bötchen mit den Sachen schleppen wir mit uns.

Hinter ein paar Dünen verstecken wir es. Wir bleiben im Sand liegen.

Das Meer rauscht, der Wind weht leise. Und unser Atem bläst wie ein Sturm.

»Sollen wir?«, frage ich flüsternd.

Lela und ich nehmen die Strickleiter aus dem Boot. Archie nimmt sein Gewehr.

Ich stehe auf, um zu dem Gebäude zu rennen, bleibe dann aber stocksteif stehen.

Vor uns, direkt vor dem Bau, huschen zwei Lichter über den Sand. Zwei Taschenlampen. Wachleute.

Sofort verschwinden wir wieder hinter den Dünen.

Ich presse die Lippen zusammen, um keinen Ton von mir zu geben.

»... wie kann das sein?«, höre ich einen der Wachleute brummen. »Die Lampe ist erst seit einer Woche drin.«

»Seltsam«, sagt die andere Stimme. Sie gehört einer Frau.

Vorsichtig, sehr vorsichtig spähe ich über den Dünenrand. Die Lichter bewegen sich in die Richtung des kaputten Leuchtturms. Dann beleuchten sie die Turmspitze. Im Scheinwerferglas ist ein großes Loch.

»Junge, Junge«, mault der Mann. »Eine Möwe ist mit ihrem dummen Kopf gegen die Lampe geflogen.«

»Das ist noch nie passiert.«

»Ich rufe die Kontrollstelle an. Die werden jemanden schicken.«

»Wenn sie jemand finden, der dumm genug ist, im Stockdunkeln hinaufzuklettern.«

»Sie müssen wohl oder übel ...«

Diskutierend gehen die Wachleute wieder zurück.

Wir warten noch ein paar endlose Minuten, bis wir wirklich nichts mehr hören.

»Traut ihr euch noch?«

»Klar«, flüstern Archie und Lela.

Und dann setzen wir uns in Bewegung. Es geht sehr schnell und geschmeidig, als würden wir jeden Tag Mütter befreien.

Wir rennen zum Gugelhupf. Lela bindet die Strickleiter um den Hals der Torpedomöwe. Archie zielt und die Möwe schießt durch die Luft, zieht die Strickleiter wie einen Schwanz hinter sich her. Mit einem Bogen fliegt sie zum Balkon über dem von Mamas Zelle und hakt sich dort am Geländer fest. Die Strickleiter baumelt bis auf den Boden.

»Ja«, zischt Archie, »los.«

»Okay, ihr versteckt euch wieder hinter der Düne«, flüstere ich. »Mam und ich kommen gleich.« (Wie großartig sich das anhört.)

Ich ziehe die Strickleiter stramm, bis sie sicher hängt. Dann klettere ich nach oben. Die Leiter schlingert und ich muss mich gut festhalten. Aber mit jeder Stufe nach oben wird mir wärmer.

Noch ein paar Meter, dann hole ich Mama aus diesem miesen Gebäude. Fort von all den Einbrechern und Dieben.

Noch ein paar Meter, und ich werde sie sehen.

Noch ein paar Meter und ich werde Mama umarmen. Und diesmal brauche ich mich nicht mehr von ihr zu verabschieden. Nie mehr.

Von der Leiter klettere ich über die Speere und lande mit einem kleinen Sprung auf dem Balkon. Hinter dem dicken Glas der Balkontür leuchtet ein schwaches Licht.

Mir klopft das Herz in der Brust, als wollte es herausspringen. Ich nehme die Klinke, drücke die Tür auf und gehe hinein.

Die Zelle ist klein und kahl mit einem Tisch und einer Lampe, einem Schrank und einem Bett. Auf dem Bett sitzt Mama. Mit dem erstauntesten Gesicht, das man je gesehen hat. Es ist ein Wunder, dass ihr die Augen nicht herausrollen.

Und ich? Ich kann nichts anderes als zu grinsen, grinsen, grinsen – fast zerreißt es mir die Wangen.

»He, Mam«, flüstere ich. »Kommst du mit?«

Mama

Meine Mutter sieht aus wie eine Eule. »Wie …?«, ist das Einzige, was sie herausbringt. »Wie …? Wiewie …?«

»Das hättest du nicht gedacht, was?«

»Wie kommst du hierher?«

»Genau wie Salomon. Mit einem selbst gebauten Ballon. Nur ist der abgestürzt. Doch das erzähle ich dir später, komm schnell mit, ich habe ein Bötchen zum Fliehen.«

Mama ist wie gelähmt. Sie starrt mich mit großen Eulenaugen an.

»Ist das ein Witz?«

Ich schüttle den Kopf.

»Dann träume ich. Nein, ich träume nicht, du bist wirklich da …« Und dann springt sie auf und umarmt mich sehr, sehr fest.

Sie starrt mich an. »Ein … ein selbst gemachter Ballon? Das geht nicht.«

»Das habe ich zuerst auch gedacht, aber Archie hat alles ausgerechnet, und mit der Hilfe von Lela und der ganzen Klasse hat es geklappt. Jetzt treibt er allerdings dort im Wasser.«

Sie späht durch das Fenster. »Ich sehe nichts … He, es ist viel dunkler als sonst.«

Und schnell erzähle ich ihr von dem kaputt geschossenen Suchscheinwerfer, der Strickleiter und dem Fluchtplan. »Erst wollten wir auf dem Dach landen und dann mit dir fliegen, aber ... so geht es auch.«

Sie dreht sich um und packt mich an den Schultern. In ihren Augen stehen Tränen. »Mein Kopf kann es nicht glauben ... Aber meine Augen und meine Hände sagen, dass es wahr sein muss ... Ich sehe und fühle dich, und ... Ro ...« Sie hält sich die Hand vor den Mund. Der Rest von dem, was sie sagen wollte, ertrinkt in Geheule.

»Fliegen ...« Sie schüttelt den Kopf. »Bist du jetzt total verrückt?« Sie versucht, ein strenges Gesicht zu machen, aber sie muss durch die Tränen lachen.

»Ich konnte nicht anders«, sage ich leise. »Ich habe es nicht mehr ausgehalten. Dass du unschuldig bist und sie dich trotzdem einsperren ... Das ist so ungerecht ... dass es wehtut.«

Sie schlägt die Augen nieder

Ich nehme ihre Hand und ziehe sie zur Balkontür. »Genug geredet, komm jetzt. Archie und Lela warten draußen, und ...«

»Ro?«

»Was ist? Beeil dich.«

»Ro, ich kann nicht mitkommen. Es tut mir leid.«

»Stell dich nicht so an.«

»Ich muss meine Strafe absitzen.«

»Strafe? Für etwas, das du nicht getan hast?«

Wieder hält sie sich die Hand vor den Mund. Dann schluckt sie und schaut mich direkt an.

»Ich habe das Logbuch gestohlen, Ro. Ich und kein anderer.«

Mein Herz setzt aus.

Mein Atem auch.

Und dann falle ich um.

Oder es ist vielleicht die Welt, die umfällt und die ganze Schwerkraft wirft mich an die Wand? Ich kann mich gerade noch fangen.

Alles dreht sich um mich. Warum steht das Bett noch aufrecht da? Und der Schrank? Wenn die Schwerkraft sich dreht, muss doch alles umfallen. Warum steht Mama noch aufrecht da? Warum kann sie einfach über den Fußboden laufen? Sie streckt die Arme nach mir aus ... und ich ducke mich.

»Es ist wahr, Ro. Ich bin in der Nacht eingebrochen, habe die Vitrine kaputt geschlagen und das Buch gestohlen. Es tut mir so leid.«

Ich schüttle den Kopf. »Und die Fußspuren?«

»Ich habe einfach ein paar große Stiefel angezogen, mit vielen Socken. Aber die Polizei ist nicht drauf reingefallen.«

Ich rapple mich hoch. Sie streckt die Hände aus, um mir zu helfen, aber ich wehre sie ab.

»Du ...«, flüstere ich, »du hast gelogen.«

»Ich konnte es nicht sagen.«

»Wenn ich das gewusst hätte ...«

Sie nickt. »Manchmal gibt es Dinge, Ro ... die sollte man besser nicht wissen.«

»Alles, was wir für dich getan haben ... All die Gefahren ... Die ganze Klasse hat mitgeholfen, weil jeder an deine Unschuld geglaubt hat.«

»Aber ...« Ihre Stimme bricht. »Wie hätte ich es dir je sagen sollen?«

Ich drehe mich zur Tür um. »Ich gehe jetzt.«

»Warte!« Sie greift wieder nach meiner Schulter, aber ich reiße mich los. »Ich kann es erklären. Das Logbuch ist Millionen wert. Ich kann erklären, warum ...«

Aber ich stoße die Balkontür schon auf und gehe hinaus. Ich will es nicht hören. Ich will es nicht wissen.

Leck

Die ganze Welt wackelt und wankt. Ich weiß nicht, ob es an der schlingernden Strickleiter liegt oder an dem, was ich gerade erfahren habe.

Als ich endlich wieder auf der Erde stehe, reibe ich mir die Augen. Es ist kein Traum. Ich stehe hier. Ohne Mama. Mama steht oben auf dem Balkon. Sie wirft die Strickleiter herunter. Sie bleibt.

In der Dunkelheit laufe ich zurück zu unserem Versteck irgendwo in den Dünen. Ein paarmal stolpere ich. Ich kann es nicht finden.

»Ro!«, zischt Archie irgendwo im Dunklen. »Hier!«

Lela und er sitzen dicht nebeneinander. Sie starren mich an.

»Wo ist deine Mutter?«, stammelt Lela.

»Sie bleibt da.«

»Was?«

»Sie hat gelogen. Sie ist wirklich ... eine Diebin.« Das Wort reißt mir die Kehle auf.

Ich lasse mich neben ihnen in den Sand fallen. Lela und Archie schweigen. Aber ich kann sie fast denken hören.

»Tut mir leid«, murmele ich. »Ich entschuldige mich für meine Mutter. Und für das Ganze ... Ich wusste es nicht.

Ich habe wirklich geglaubt ...« Meine Finger wühlen im Sand. »Du hattest also doch recht, Archie.« Ich lasse den Kopf hängen.

Er legt eine Hand auf meine Schulter. »Ich habe es doch nur so dahingesagt. Ich habe nichts gewusst.«

Plötzlich sind meine Augen voller Tränen. Als wäre irgendwo ein Leck. Schnell wische ich sie ab und ziehe die Nase hoch. »Los, hauen wir schnell ab. Jetzt können wir wenigstens zu dritt nach Schiermonnikoog fahren«, sage ich.

»Dazu wollte ich gerade etwas sagen«, sagt Archie. »Die stacheligen Büsche hier ...«

»Was? Was ist?«

»Das Boot ist leck.« Er deutet neben sich in die Dunkelheit.

Erst jetzt sehe ich es. Da liegt das Boot. Schlaff und platt.

»Ich fürchte, wir müssen alle drei heute Nacht hierbleiben und auf die Fähre warten«, sagt Archie seufzend.

Warten auf die Fähre

Ich mache kein Auge zu. Immer meine ich, Wachleute zu hören, aber es ist der Wind. Wir haben das schlaffe Boot als eine Art Zudecke über uns gelegt und sind dicht zusammengekrochen, aber es ist zu kalt, um schlafen zu können. Mir gehen auch tausend Gedanken durch den Kopf. Was, wenn es gleich hell wird? Sind wir gut genug versteckt, hier zwischen den Dünen? Und wie sollen wir es anstellen, am helllichten Tag auf die Fähre zu schleichen?

Doch am meisten denke ich an das eine, an das ich nicht denken will.

»Weißt du«, flüstert Lela neben mir. »Seltsamerweise finde ich das gar nicht schlimm. Glaube ich.«

»Was?«

»Nein, ich bin froh, dass wir das gemeinsam getan haben. Auch wenn wir Wochen an dem Ballon gearbeitet haben, auch wenn es unheimlich war, auch wenn wir deine Mutter nicht befreit haben ... Ich habe zwei gute Freunde dabei gewonnen.«

Archie seufzt. »Ist das wirklich wahr?«

Ich drehe mich auf die Seite. »Aber ich finde es schlimm. Ich vergebe es meiner Mutter nie.«

Archie und Lela schweigen. Ich lausche auf das Meeresrauschen. Meine Augen brennen. Sie sind voller Sandkörner.

Stunden später liege ich noch immer mit offenen Augen da. Der Himmel färbt sich bereits von schwarz nach dunkelblau. Gleich wird die Sonne aufgehen.

Archie stößt mich an. »Hörst du es auch?«

»Was?«

»Einen Dieselmotor ...«

Wir setzen uns auf. Dort in der Ferne ist auf dem Wasser ein dunkler Schatten mit ein paar Lichtern zu sehen. Ich rüttele Lela wach.

»Die Fähre«, flüstere ich.

»Was?«, murmelt sie verschlafen. »Ist das nicht viel zu früh?«

Als sie näher kommt, sehe ich zwei schwankende Lichtpunkte am Bug. Zwei Taschenlampen. Und sie leuchten in unsere Richtung.

Ich verstecke mich wieder hinter der Düne. »Ist das die Polizei?«

Wir können nicht fliehen, nur hoffen, dass sie uns nicht finden. So leise wir können, bedecken wir das schlaffe Boot mit Sand und kriechen darunter, sodass nur unsere Köpfe noch ein bisschen herausragen. Ich versuche, mich nicht zu rühren, aber mein Herz klopft heftig, ich habe Angst, dass alle Dünen um uns herum mitdröhnen.

Ein dünner Lichtstrahl flitzt vorbei. Ich tauche noch tiefer unter das Boot. Wieder huscht das Licht vorbei, langsamer jetzt, bis es mir direkt in die Augen scheint.

»Hier ist er«, brummt eine Stimme. »Mit noch zwei anderen.«

Jetzt sind wir dran. Wir sind richtig dran.

Ich richte mich auf und hebe den Arm über die Augen. Der Mann mit der Taschenlampe hat einen langen herabhängenden Schnurrbart. Es ist der Fährmann.

Noch jemand kommt angerannt, jemand mit einer Schirmmütze. Keuchend bleibt er neben dem Fährmann stehen. »Aber Junge«, sagt er.

Es ist Papa.

Wieder zu Hause

Ich bin wieder zu Hause. Wir sitzen am Tisch, Papa und ich und der leere Stuhl. Wie jeden Morgen. Es ist fast, als wäre nichts passiert. Aber die ganze Welt hat sich verändert.

Gestern Nacht war ich noch der Befreier meiner Mutter. Jetzt bin ich der Sohn einer Diebin.

Papa hatte abends den Zettel auf meinem Kissen gefunden. (Es war schon sehr spät, weil er wieder bis tief in die Nacht gespielt hat.) Als er den Zettel las, hat er sich zu Tode erschrocken und ist zum Hafen gerannt.

Papa,
ich gehe zu Mama,
denn an dir habe ich nicht sehr viel.
Ro

Nach langem Suchen hat er das Haus des Fährmanns gefunden und ihn wach geklingelt. Erschrocken erklärte er ihm, ich wäre vielleicht auf eigene Faust zur Insel gefahren. Erst lachte ihn der Fährmann aus. Trotzdem müsse es wahr sein, sagte Papa und zeigte ihm den Zettel. Und da erschrak der Fährmann auch. Papa sagte, er könne unmöglich die Polizei rufen und flehte den Fährmann an, ihn überzusetzen. Der Fährmann war bereit dazu.

Kurz vor Sonnenaufgang kamen sie an der Insel an und fanden uns. Sie hatten keine Ahnung, wie wir es geschafft hatten, die Insel zu erreichen. »Mit diesem kleinen Schlauchbötchen?«, fragte Papa. »Unglaublich.«

Wir haben nichts gesagt. Sie hätten uns sowieso nicht geglaubt. Der Fährmann nickte bewundernd. »Hut ab!« Er versprach, niemandem von unserem Abenteuer zu erzählen.

Weil es noch dunkel war, konnten wir an Bord gehen, ohne dass die Wachleute uns sahen. Wenigstens uns hatten sie nicht gesehen. Die Fähre natürlich schon. Und kurz bevor wir wegfahren wollten, kam ein Wachmann mit seiner Taschenlampe zur Fähre. Schnell versteckten Archie, Lela und ich uns unter Bänken.

»Wieso ist die Fähre so früh da?«, fragte der Wachmann. »Besuchsstunde ist erst am Nachmittag.«

Der Fährmann und Papa wussten nicht, was sie sagen sollten.

»Na ja«, stotterte mein Vater nach einer Weile, »wir fahren hin und her ... um zu üben. Sehen Sie ... ich mache gerade ein Praktikum. Ja. Ich bin ein Fährmannpraktikant. Deshalb muss ich viel üben.«

»Aber es ist fünf Uhr morgens.«

»Ja, ich muss natürlich auch lernen, im Dunkeln zu fahren«, sagte Papa.

Der Wachmann zog kopfschüttelnd ab.

Als es hell wurde, erreichten wir den Hafen. Lela und Archie haben wir heimgebracht. Ihre Eltern nehmen an, dass sie wegen der »Schlafparty« müde sind.

Papa und ich frühstücken. Todmüde und hungrig.

Papa hat mich schon fünfmal gefragt, wie es uns gelungen ist, die Insel mit einem Schlauchboot zu erreichen, und da habe ich ihm schließlich ehrlich erzählt, dass wir geflogen sind. Aber er glaubt mir nicht. Er denkt, ich mache einen Witz.

»Du willst es mir natürlich nicht sagen, weil du böse auf mich bist«, sagt er, während er seine Schüssel schon das dritte Mal mit Cornflakes füllt. »Das verstehe ich gut. Ich bin ein Schlappschwanz gewesen. Ich habe dich deinem Schicksal überlassen. Aber ab jetzt wird es anders.« Er deutet mit dem Löffel auf mich. »Wir werden alles gemeinsam machen. Wir schlagen uns schon durch, was, Ro?«

Ich starre ihn an. Es ist lange her, dass ich ihn so gesehen habe. »Und meine Playstation...« Er springt vom Tisch auf, läuft hinüber, reißt die Kabel heraus und wirft das ganze Ding in den Mülleimer. »Hopp! Weg mit Clara.«

Er stellt sich neben mich und legt mir eine Hand auf die Schulter. »Und in Zukunft gehe ich mit dir zur Besuchsstunde.« Er schaut auf den Kalender. »Verdammt, die ist schon heute Nachmittag.«

»Ich gehe nicht hin«, sage ich.

Sein Mund klappt auf. »Aber du wolltest Mama doch so gern sehen? Warum bist du sonst mitten in der Nacht zu ihr gefahren?«

»Da wusste ich noch nicht ... dass es wahr ist. Dass sie das Logbuch wirklich gestohlen hat.«

»Unsinn!« Er schaut mich streng an. »Wer sagt so was?«

»Mama selbst.«

Sein Gesicht wird so blass wie meine Milch. »Stimmt das?«

Ich nicke.

Er lässt sich auf den Stuhl neben meinem fallen. Er macht den Mund auf, um etwas zu sagen, aber die Worte bleiben ihm im Hals stecken. Dann legt er eine Hand auf meinen Arm.

So bleiben wir eine Weile sitzen.

Ich starre zum Mülleimer. Kabel hängen über den Rand.

Ich gehe hin und hole die Playstation wieder heraus. »Sollen wir ein bisschen spielen, Pap?«

Zur Schule

Am Montagmorgen komme ich kaum aus dem Bett. Gestern Abend habe ich bis spät mit Papa gespielt. Und ich will nicht in die Schule gehen. Ich will meine Klassenkameraden nicht sehen.

Ich radle so langsam, dass ich zu spät komme.

Als ich das Klassenzimmer betrete, starren mich alle an. »Und?«, scheinen sie zu fragen. »Und? Und?«

Ohne jemanden anzuschauen, setze ich mich auf meinen Platz.

Doch in der kleinen Pause komme ich nicht mehr davon. Kaum stehe ich mit Archie und Lela am Fahrradschuppen, da kommt schon eine Gruppe auf uns zu: Roos, Mila, Sharif und Thijs. »Und?«, flüstern sie. »Hat der Ballon funktioniert? Hat es geklappt?«

Lela und Archie schauen mich an. Ich habe ein saures Gefühl im Bauch. Wenn ich es jetzt nicht erzähle, lässt mich die Klasse nie in Ruhe. Ich hole tief Luft.

»Er ist fantastisch geflogen, und wir haben meine Mutter erreicht, aber ...« Ich schaue sie an. Sie haben alle mitgeholfen. Deshalb sage ich es. Ich sage, dass sie gestohlen hat. Und dass sie gelogen hat. Mich hat sie angelogen, eigentlich jeden. Ich erzähle es und versuche, sie dabei weiter anzuschauen. Aber jedes Wort tut weh.

Sie hören mir zu. Und dann bleibt es lange beängstigend still.

»Aber du warst doch so sicher, dass sie unschuldig ist«, sagt Mila leise.

»Tut mir leid«, murmele ich. »Tut mir leid.«

Aber sie schauen mich mit leeren Augen an. Und dann drehen sie sich um und laufen davon. Vier schweigende Rücken.

Archie legt mir eine Hand auf die Schulter, aber er weiß nicht, was er sagen soll.

»Aber warum?«, sagt Lela mit einem Seufzer. »Das lässt mich nicht schlafen. Warum hat sie dieses Logbuch gestohlen?«

»Spielt das eine Rolle?«

»Natürlich! Willst du es etwa nicht wissen?«

Ich zucke mit den Schultern. »Das Logbuch ist Millionen wert. Hat sie selbst gesagt. Vielleicht hat sie es sogar schon verkauft. Dann hat sie jetzt irgendwo einen Haufen Geld liegen. Und wenn sie freikommt, ist sie steinreich.«

»Das weißt du doch gar nicht«, protestiert Lela. Sie will noch mehr sagen, aber da kommt jemand hergeschlendert. Menno.

»He, Ro«, sagt er grinsend. »Was ist mit deiner Mutter? Muss sie noch lang sitzen?«

»Willst du das wirklich wissen?«

»Deshalb frage ich doch.«

»Ja, sie muss noch sehr lang sitzen«, schnauze ich. Menno zieht die Augenbrauen hoch und verschwindet.

Lela schaut mich mit schräg gelegtem Kopf an. Dann zieht sie die Nase hoch und läuft zum Reck.

»Weißt du«, flüstert Archie, »sie ist nicht mehr magnetisch. Wenigstens nicht mehr so sehr, dass es mich durcheinanderbringt. Jetzt ist sie einfach ... toll.«

»Oh. Okay.«

Den Rest des Tages denke ich dauernd über das Logbuch nach. Hat Mama es etwa wegen Papa und mir gestohlen? Weil wir nie viel Geld haben? Damit wir auch einmal in die Ferien fahren können?

Ich gehe nicht

Die Tage vergehen, aber manchmal kommt es mir vor, als wären sie eingerostet. Quietschend und knirschend verstreichen die Wochen. Das Einzige, was gut klappt, ist Clara Claw. Papa und ich sind schon beim Level 33. Wir sind gerade mitten im Endkampf mit dem Oberzombie, als Archie und Lela zur Hintertür hereinkommen.

»Ihr hört noch nicht mal die Klingel«, mault Archie. Papa schiebt seine Controller schnell unter ein Kissen und steht auf. »Die Klingel? Oh, tut mir leid.« Er kratzt sich unter der Mütze. »Nett, dass ihr da seid. Ich werde was zu trinken holen.«

Lela stellt sich vor den Bildschirm und legt die Arme übereinander. »Ro, wir müssen mit dir sprechen.«

»Ja«, murmelt Archie.

Widerwillig lege ich meinen Controller zur Seite.

»Heute Nachmittag ist wieder Besuchsstunde«, sagt Lela.

»Das habe ich heute Morgen auch schon gesagt«, ruft Papa aus der Küche.

»Ich gehe nicht«, sage ich schnell. »Es geschieht ihr recht.«

Archie seufzt und fängt an, an dem kaputten Ventilator in der Ecke herumzufummeln.

»Du musst zu ihr gehen«, sagt Lela. »Du musst sie fragen, warum sie das Logbuch gestohlen hat.«

»Sie verdient es nicht, Besuch zu bekommen.«

»Ich kann einfach nicht glauben, dass sie es nur wegen Geld gestohlen hat. Da muss noch etwas anderes sein, oder?«

Ich atme schwer. Diese Frage habe ich mir selbst schon hundertmal gestellt. »Aber dann hätte sie es mir doch vorher gesagt. Warum hat sie so lang gelogen?«

Lela ist einen Moment still. Dann lässt sie sich neben mich auf das Sofa fallen.

»Ich finde es nicht richtig so. Du bist die ganze Zeit mürrisch und spielst nur, wir sehen dich fast nicht mehr.«

»Stimmt«, brummt Archie. Er zieht ein paar Schnüre aus dem Ventilator.

»Wieso bist du eigentlich nicht neugierig?«, fragt Lela. »Ob sie einen guten Grund hat oder nicht, du müsstest doch wissen wollen, warum. Nur mit Schmollen kommst du doch nicht weiter.«

»Salomon Snorremans war auch immer neugierig«, murmelt Archie. »Sogar als er abgestürzt war, hat er die Dinge noch weiter untersucht.«

Ich bohre an einem Loch im Sofa.

»Weißt du«, sagt Lela leise, »als meine Mutter so krank wurde, wollte ich erst auch nichts davon wissen. Ich tat, als wäre nichts, und habe sie nicht im Krankenhaus besucht. Das habe ich ein paar Tage lang durchgehalten. Dann bin ich plötzlich aufgewacht: Ich hatte lieber eine kranke Mutter als gar keine.«

Ich schaue sie aus dem Augenwinkel an. Als Lela von ihrer Mutter spricht, ist es, als würde sie mich mit watteweichen Handschuhen k.o. schlagen.

»Komm«, sagt sie. »Geh zur Besuchsstunde.«

Ich werfe einen Blick auf die Uhr. »Die Fähre geht schon in zwanzig Minuten, das schaffe ich nie.«

»Natürlich«, ruft Archie. »Beeil dich!« Er schlägt mit der Faust auf den Ventilator, der auf einmal laut anfängt zu blasen. Blätter und Zeitschriften wirbeln durch das Zimmer und in mein Gesicht.

Ich springe vom Sofa. »Okay, okay, ich geh ja schon!«

Papa kommt aus der Küche gerannt. »Warte! Ich komme mit!«

Nie mehr

Der Fährmann will schon ablegen, aber sobald er Papa und mich sieht, lässt er die Laufplanke wieder runter. Er zwinkert uns zu.

An Deck schnappen Papa und ich nach Luft. Er legt den Arm um mich.

Nach einer Weile taucht der Gugelhupf auf. Seltsam, die Insel jetzt bei Tag zu sehen. Obwohl die Sonne scheint und die Möwen fröhlich herumkreisen, werde ich ganz kribbelig. Vor allem, als wir uns der Landungsbrücke nähern. Dort laufen mehr Wachleute herum als sonst.

Papa wird auch nervös, aber nicht nur wegen der Wachleute. »Ob sie böse ist? Sie ist bestimmt böse. Ich habe die Besuchszeit schon ein paar Mal ausgelassen. Was soll ich sagen? Dass ich viel zu tun hatte. Ja, viel, viel, viel.«

»Viel zu tun mit Clara, meinst du?«

Er greift wieder nach der Reling.

»Du hast recht, ich bin eine Katastrophe. Eine Katastrophe! Ich schaffe es nicht. Und dann noch die vielen Wachleute ...«

Vor der Landungsbrücke ruft ein Wachmann durch ein Mikrofon, dass heute eine besondere Kontrolle stattfindet. Man habe seltsame Spuren auf der Insel entdeckt, erklärt er. Und sofort schnappe ich nach Luft. Papa und ich nehmen uns an der Hand.

Als wir in dem Gebäude sind, werden wir sogar durchsucht. »Beine und Arme auseinander«, sagt ein Wachmann gelangweilt. Er betastet meine Arme und Beine, doch bei Papa stockt er. »Sind Sie nicht der Fährmannpraktikant?«

Papa wird rot. »Ich ... ja!«

»Und Sie kommen auch hierher, um Angehörige zu besuchen? Du lieber Himmel ...« Er winkt einem großen Wachmann. Die beiden tuscheln.

Hilflos schaut Papa zu mir, die Arme noch immer ausgebreitet.

»Würden Sie kurz mitkommen ins Büro?«, sagt der große Wachmann. »Es geht um ein paar Fragen.«

»Natürlich«, sagt Papa. Er versucht zu lächeln. »Geh ruhig schon vor, Ro. Ich komme gleich nach.«

Er winkt kurz und verschwindet mit dem Wachmann um die Ecke.

Ich beiße mir auf die Lippe. Papa kann noch schlechter lügen als Pinocchio.

Nicht viel später sitze ich an dem weißen Plastiktisch im Besucherraum. Doch wieder allein.

Ich sehe die geschlossene Stahltür. In meinem Bauch rumort es. Ich möchte sie sehen und zugleich nicht. Es ist erst zwei Wochen her, dass ich mitten in der Nacht ihre Zelle betreten habe. Unser Treffen hat nur ein paar Minuten gedauert. Ein paar Minuten, in denen die Welt zerbrach.

Die Stahltür wird aufgeschoben, und Frauen in gelben Overalls strömen herein. Nur eine Gefangene bleibt in der Türöffnung stehen. Mama. Ihre Mundwinkel zittern, als wüsste sie nicht, ob sie lachen oder weinen soll. Ich versuche, ernst zu schauen. Das gelingt mir nur halb.

Sie läuft zu meinem Tischchen. Sie streckt die Arme nach mir aus, um mich zu umarmen, und fast stehe ich auf. Aber ich bin böse. Also bleibe ich sitzen. Ich verschränke die Arme.

Sie setzt sich mir gegenüber. Sie schaut nicht zu mir, sondern zu ihren Händen auf dem Tisch. »Ich habe so sehr gehofft, dass du kommst«, sagt sie leise.

»Sie haben mich überreden müssen«, sage ich. »Archie und Lela. Und Papa hat mich mindestens zwanzig Mal dazu aufgefordert.«

Erstaunt schaut sie hoch. »Papa?«

»Er wird gleich kommen. Hoffe ich.« Ich spähe durch das Fenster in der Tür hinter mir, kann aber niemanden sehen.

Mama schaut sich um, dann beugt sie sich zu mir. »Ich kann noch immer nicht glauben, dass du hierher geflogen bist«, flüstert sie. »Dass ihr abgestürzt seid und es trotzdem geschafft habt ... Das finde ich großartig ... Was ihr hinbekommen habt, du und deine Freunde ...«

Ich unterbreche sie. »Meine Klassenkameraden waren sehr enttäuscht.«

Sie schlägt die Augen nieder. »Das verstehe ich.«

»Ich stand auf dem Schulhof und konnte es nicht erklären. Ich konnte nur sagen ... dass du gelogen hast.«

Sie nickte und holte tief Luft. »Ich kann es dir erklären«, flüstert sie. »Zumindest, wenn du mir zuhören willst.«

»Rede.«

Eine Falte erscheint über ihrer Nase. Sie sucht nach Worten. »Ich habe etwas entdeckt. Etwas Gefährliches. Es hat mir Unglück gebracht. Wenn ich es dir erzähle, bringe ich dich auch in Gefahr. Und ich will dich nicht in Gefahr bringen, aber ich will auch nicht, dass du so böse auf mich bist. Ich muss immer an den Moment in meiner Zelle denken ... Wie du mir den Rücken zugedreht hast, das will ich nie mehr erleben. Nie mehr.« Ihr Hals geht zu, sie bekommt fast kein Wort mehr heraus. Plötzlich nimmt sie meine Hand, ich erschrecke. »Also will ich es dir erzählen. Du musst aber wissen, dass du dann selbst in Gefahr bist.«

»Trotzdem will ich es wissen.«

Sie nickt. »Gut. Was ich dir jetzt erzähle, darfst du niemandem weitersagen. Nur Papa.« Sie denkt kurz nach und beißt sich auf die Lippe. »Und danach müsst ihr das Logbuch verbrennen.«

Die gefährliche Seite

»Hör zu. Als ich eines Morgens in dem Museum die Vitrine sauber gemacht habe, fiel mein Blick auf die letzte Seite. Ich konnte den Blick nicht abwenden, es war, als wolle Salomon mir etwas von dieser Seite zuflüstern. Darauf waren Zeichnungen und Gekritzel und Zahlen, aber es war fast unleserlich. Du musst bedenken, dass er die letzte Seite auf der Weißen Insel vollgekritzelt haben muss, ein paar Tage bevor er starb. Salomon und seine Freunde waren natürlich abgestürzt und monatelang über die Eisfelder gezogen. Seine Finger waren bestimmt halb erfroren.

Das Wort ›Eisbär‹ kam ein paarmal vor, und eine Reihe Zahlen. Die Zahlen kamen mir vage bekannt vor. Plötzlich fiel es mir wieder ein. Es waren die Zahlen, die einen bestimmten Ort bezeichneten, Koordinaten einer Felsspalte, an der ich während meiner Forschung auf der Weißen Insel auch gewesen bin. Nach langen Überlegungen vermutete ich, was er zu erklären versuchte ...«

Sie wartet kurz, bis eine Bewacherin vorbeigegangen ist, dann spricht sie weiter. »Salomon und seine Kameraden wurden von Eisbären verfolgt. Ab und zu erschossen sie einen, aber die Bären kamen weiterhin, und oft aus derselben Richtung. Salomon verstand nicht, wie es den

Bären gelang, sie zu finden, sie mussten von kilometerweit hergekommen sein. Bis er entdeckte, dass eine ihrer Petroleumlampen leckte. Überall, wo sie mit ihren Schlitten gewesen waren, hatten sie eine Tropfenspur von dem Petroleum hinterlassen. Offenbar konnten die Eisbären das Petroleum schon aus großer Entfernung riechen. Das war eine besondere Entdeckung! Als Salomon später sah, wie die Eisbären an einer bestimmten Eisspalte schnüffelten, vermutete er, dass dort Öl zu finden sei. Ich kenne das Gebiet von meiner Forschungszeit, und ich glaube, er hatte recht. Salomon und seine Kameraden hatten mithilfe der Eisbären Öl gefunden! Ihre Nordpolmission war missglückt, aber zufällig war es ihnen gelungen, Öl zu finden.«

»Wow«, murmele ich.

»Ich war so verblüfft über meine Entdeckung, dass ich sofort in das Büro des Direktors gerannt bin. Ich rief, ich hätte die letzte Seite entziffert und dass man das Logbuch sofort von anderen Polarforschen und Professoren weiter untersuchen lassen müsse. Der Direktor lachte mich nur aus. Für ihn war ich nichts als eine nervige Putzfrau. Ich war böse und rief, ich sei Polarforscherin und dass ich ganz sicher war: Salomon hatte eine Ölquelle entdeckt!

Das hätte ich nicht sagen dürfen. Plötzlich tat der Direktor katzenfreundlich. Er fragte, was ich da entziffert hätte und wo die Ölquelle sei. Mir wurde klar, dass der Direktor Geld roch. Und plötzlich begriff ich das Gefährliche meiner Entdeckung. Was, wenn der Direktor das Logbuch an eine Ölfirma verkaufen würde? Was, wenn sie auf der Weißen Insel nach Öl bohren würden? Ich sah es bereits vor mir: Bohrtürme, schwarze Rauchwolken und Plattformen mit Öltankern. Und wer weiß, vielleicht würden sie sogar Eisbären fangen und sie benutzen, um Öl aufzuspüren ... Sosehr der Direktor auch fragte, ich habe nichts mehr gesagt und bin aus dem Büro gelaufen.

Am nächsten Tag entschuldigte er sich bei mir. Er hätte mich falsch eingeschätzt. Er bot mir sogar eine Stelle als Museumsführerin des Salomonsaals an – wenn ich ihm mehr über die besondere Seite sagen würde. Ich habe abgelehnt. Wütend rief er, dass er selbst dahinterkommen würde. Und kurz darauf hörte ich, wie er jemanden von ›Shiny Oil‹ anrief, eine Ölgesellschaft. Da wusste ich, dass ich mich beeilen musste. Das Logbuch musste verschwinden. Sonst würde der Nordpol beschmutzt werden und vielleicht würden Tausende von Tieren sterben. Ich verfluchte meine Entdeckung. Und ich sah nur eine einzige Lösung: Ich musste das Logbuch stehlen, bevor es in die falschen Hände geraten würde.«

Sie seufzte. »Wenn ich es während des Putzens einfach genommen hätte, hätte man mich sofort verdächtigt. Also warf ich in der Nacht eine Scheibe ein und zerschlug die Vitrine, damit es wie ein echter Einbruch aussah. Ich hoffte, sie würden den Dieb dann außerhalb des Museums suchen. Aber sie sind nicht darauf reingefallen, ich wurde schon am nächsten Tag verhaftet. Ich leugnete alles, denn auch die Polizei durfte das Logbuch nicht finden. Dann würde es dem habgierigen Direktor wieder in die Hände fallen.

Aber es wurde noch schlimmer. Kaum saß ich ein paar Tage hier im Gefängnis, als mich ein fremder Mann besuchte. Obwohl ich sagte, ich wisse von nichts, fragte er weiter, wo ich das Logbuch versteckt hätte. Er sagte, er wäre von der Polizei, aber ich glaubte ihm kein Wort. Schon gar nicht, als er mir Geld bot und sogar anfing, mir zu drohen. Ich habe nichts gesagt. Aber er sagte, er würde wiederkommen. Ich war ganz sicher, dass es besser wäre, wenn keiner etwas von dem Logbuch erfahren würde. Auch du und Papa nicht. Ich durfte gar nicht daran denken, wie dieser unheimliche Kerl euch aushorchen würde. Meiner Meinung nach war er von Shiny Oil. Er trug eine Sonnenbrille und roch nach ...«

»... Benzin«, sagte ich.

Ihr Mund klappt auf. »Hat er dich schon gefunden?«

»Schon vor ein paar Wochen. Zu mir hat er gesagt, er wäre von einer Zeitung.«

»Er hat dir doch nichts getan?«

»Er hat mir einen Haufen Geld angeboten. Aber ich habe gesagt, du hättest das Logbuch nicht. Das habe ich damals noch geglaubt.«

»Ro …« Sie presst die Lippen aufeinander. »Gut, dass du nichts gewusst hast …«

Ich runzle die Stirn. »Aber wenn ich es doch gewusst hätte, hätte ich nicht die ganze Befreiungsaktion …«

Eine Bewacherin kommt vorbei. Gerade noch rechtzeitig verschlucke ich das Wort.

Als sie gegangen ist, seufzt Mama tief. »Das ist es also. Deshalb habe ich es gestohlen. Deshalb habe ich dich angelogen.« Sie legt die Hände vor sich auf den Tisch. »Tut mir leid.«

Mama wagt nicht, mich anzuschauen. Meine Mama. Die den Nordpol beschützen wollte. Und mich und Papa. Ich versuche, es zu mir durchdringen zu lassen. Mein Gehirn knackt wie Eis.

Ich nehme ihre Hände. »Es braucht dir nicht leidzutun. Ich glaube, ich verstehe es.«

Und dann stehe ich auf. Mama auch.

Und sofort schnauzt die Bewacherin, wir müssten sitzen bleiben. Aber wir hören nicht auf sie.

Ich mache einen Schritt auf Mama zu. Und ich schlage meine Arme um sie. Und Mama schlägt ihre Arme um mich. Und wir halten uns so fest, dass keine Bewacherin es wagt, uns loszureißen.

Der Auftrag

Wir setzen uns wieder hin. Über den Tisch hinweg hält Mama meine Hände. Ihre Augen glänzen. Wir sagen nichts, auch weil eine Bewacherin neben uns steht. Es ist die Seepocke.

Erst als sie gegangen ist, macht Mama den Mund wieder auf. »Ro, vergiss nicht, worum ich dich gebeten habe.« Sie schaut mich sehr ernst an. »Nun, da ich alles über die gefährliche Seite gesagt habe, müsst ihr das Logbuch verbrennen.«

»Aber Mam ...«

»Es ist die einzige Lösung. Das Logbuch muss so schnell wie möglich verschwinden. Bevor dieser unheimliche Öltyp dich wieder ausfragt.«

»Ich kann ein Geheimnis für mich behalten.«

Sie lächelt. »Trotzdem ist es besser, wenn es verschwindet. Solange dieser Kerl nach ihm sucht, mache ich mir Sorgen um dich und Papa. Und um den Nordpol ...«

Mamas Augen gleiten zur Seite. Die Bewacherin kommt wieder zurück. »Wirst du das tun?«, fragt sie schnell.

»Wo hast du es versteckt?«

»In ...«

»Ihr tuschelt jetzt schon eine halbe Stunde, Mosterd«,

sagt die Seepocke scharf. »Du wirst noch ganz krumm.« Sie verschränkt die Arme und bleibt neben uns stehen.

»Also ...«, stottert Mama.

»Ja ...«, sage ich.

Ich möchte gern sagen, dass es schade wäre, das ganze Logbuch zu verbrennen, dass ich eine viel bessere Idee hätte, aber die Seepocke macht keine Anstalten zu verschwinden.

Und dann stehen plötzlich Papa und der große Wachmann neben uns. »Tut mir leid, dass wir ihn so lange aufgehalten haben«, sagt der Wachmann. »Herr Mosterd musste noch einiges aufklären. Aber jetzt ist alles klar.«

Mama steht auf. Papa wagt es nicht, sie anzuschauen, er fummelt an seinem Pullover herum. »Du bist bestimmt böse und denkst, ich wäre feige, weil ich dreimal nicht hier gewesen bin, und du hast recht, und ...

»Vier mal«, sagt Mama eisig.

Er schluckt. »Tut mir leid. Ich bin ein Schlappschwanz ...«

Mama legt einen Finger auf seine Lippen. »Stimmt, aber du bist mein Schlappschwanz.« Und dann fällt sie ihm um den Hals. Er kippt fast um.

Sie will noch etwas sagen, aber da geht auch schon der Summer. Stühle werden gerückt. Alle stehen auf, um sich zu verabschieden.

»Ro wird dir alles erzählen«, sagt sie und zwinkert mir zu.

Um uns herum gehen die Gefangenen zu der Stahltür.

Wir verabschieden uns von Mama. Sie umarmt mich fest. Und dann flüstert sie es mir ins Ohr. »In deiner Matratze ...«

Der unheimliche Ölkerl

Die Wachleute bringen uns zurück zur Fähre. Papa hat ein Grinsen auf den Lippen. Er ist erleichtert wegen Mama. Und das Verhör ist auch nicht so schlimm gewesen. »Er wollte vor allem wissen, ob ich in der Nacht etwas Besonderes gesehen habe. Nun, ich habe ihm achtzig Mal versichert, dass es stockdunkel war.«

Auf der Fähre ziehe ich Papa zum Hinterdeck, dort steht niemand. Flüsternd berichte ich ihm von der gefährlichen Seite. Er hört mir zu, und sein Mund klappt auf. Er umklammert die Reling und spuckt ins Wasser, so ungerecht findet er es, dass Mama bestraft wird, nur weil sie versucht, den Nordpol zu retten. Er schimpft weiter und dabei vergisst beinahe, dass niemand uns hören darf.

Es ist, als hätten die Wellen Ohren. Als wir uns dem Festland nähern, sehe ich jemanden am Ufer zu uns herstarren. Jemand mit einer dunklen Sonnenbrille. Er lehnt an einem teuren Auto.

»Das ist er«, flüstere ich Papa zu. »Der Kerl von Shiny Oil, der scharf auf das Logbuch ist. Du weißt es doch, he: Wir wissen nichts.«

Papa nickt und nimmt meine Hand. »Wir wissen nichts.«

Wir versuchen, den Kerl zu ignorieren, aber als die Fähre anlegt, kommt er direkt auf uns zu. Ich rieche das Benzin schon, sobald er den Mund aufmacht.

»Ach, Herr Mosterd ...« Er tut, als wäre ich nicht da und streckt Papa die Hand hin. »Ich bin von der Zeitung und arbeite an einem Artikel über ...«

Papa gibt ihm nicht die Hand. »Wir wissen nichts«, schnauzt er. Ich kneife ihm in die Hand.

»Oh!« Der Kerl grinst und zieht die Augenbrauen hoch. »Also hat Ihnen Ihre Frau nichts gesagt?«

»Nein, und sogar wenn sie etwas gesagt hätte ...« Ich ziehe Papa weg, bevor er noch mehr Dummheiten von sich gibt.

»Interessant«, sagt der Kerl. Er läuft hinter uns her. »Ich glaube, ich kann meine Freunde von der Polizei dazu bringen, eine gründliche Hausdurchsuchung zu machen ...«

Ein Schauer läuft mir über den Rücken.

»Aber Sie können mir das Logbuch natürlich auch direkt aushändigen und sich eine Menge Unannehmlichkeiten ersparen.«

Papa dreht sich um. »Wir wissen nichts von irgendeinem Logbuch, und wenn ich Sie noch einmal in meiner Nähe oder in der Nähe meines Sohnes sehe ... dann nehme ich Ihr schönes Auto auseinander. In drei Minuten.«

Der Kerl macht einen Schritt zurück. Wir gehen weiter.

»So«, knurrt Papa. »Den sehen wir vorläufig nicht wieder.«

Es ist gut, dass Mama so lange den Mund gehalten hat. Papa ist eine Katastrophe, wenn es um Geheimnisse geht. Das Logbuch muss verschwinden. So bald wie möglich.

Ölflecken

Ich habe Papa nichts davon gesagt, dass wir auf Mamas Wunsch das Logbuch verbrennen sollen. Weil ich einen besseren Plan habe. Wenn ich Mama diesen Plan noch hätte verraten können, hätte sie ihn bestimmt super gefunden. Fast brillant.

Sobald wir zu Hause sind, laufe ich in mein Zimmer und hebe meine Matratze hoch. Erst nach langem Suchen entdecke ich eine fast unsichtbare Öffnung. Ich schiebe die Hand hinein und stoße auf etwas Hartes. Vorsichtig ziehe ich den Gegenstand heraus.

Da ist es. Ein altes, graues Buch in einer Plastiktüte. Der Umschlag ist beschädigt und ziemlich zerfetzt. Dieses Buch hat eine lange Reise hinter sich. Durch die Luft, über das Eis, dreißig Jahre unter Schnee, um schließlich im Museum zu landen. Und nun in meiner Matratze. Auf der ich die ganze Zeit einfach geschlafen habe.

Mit zitternden Fingern schlage ich die letzte Seite auf. Und da stehen Pfeile und Ziffern und ein paar Wörter in dünnen, zittrigen Buchstaben. Ich kann es nicht lesen; es ist so verwackelt, dass ich kaum ein paar Buchstaben erkenne.

Dass meine Mutter das entziffern konnte – Wahnsinn!

Das ist also die Seite, die den Nordpol in Gefahr bringen kann.

Ich betrachte das Buch genauer. Das Papier ist rau und vergilbt. Und es stinkt. Der Geruch erinnert an ein düsteres Zauberbuch.

Ich lege es vor mich auf den Tisch.

»Sorry, Salomon«, flüstere ich. Und mit einer Bewegung reiße ich die Seite heraus.

Dann nehme ich einen dicken, schwarzen Stift und beginne zu kritzeln. So lange, bis alle gefährlichen Buchstaben unter einer dicken Farbschicht verschwunden sind. Es sieht aus wie ein Ölfleck.

Eine halbe Stunde später bin ich in Archies Zimmer. Lela und er sitzen auf dem Rand seines Bettes und hören mir zu. Ich erzähle ihnen, warum Mama das Logbuch stehlen musste. Ich erzähle ihnen von der Ölquelle und der gefährlichen Seite. Nun, da sie vernichtet ist, ist die größte Gefahr vorbei.

»Siehst du jetzt«, sagt Lela, »dass sie einen guten Grund

gehabt hat! Und du wolltest davon nichts wissen. Ich bin froh, dass du doch zu ihr gefahren bist«.

Ich schlage die Augen nieder. »Ich auch.«

Dann gehe ich zum Bett und setze mich zwischen Archie und Lela. »Tut mir leid, dass ich mich so blöd verhalten habe. Aber ich wollte Mama nicht sehen. Ich konnte es nicht, ich war zu böse, ich war …«

»… ein Vogel Strauß«, sagt Lela. »Du hast den Kopf in den Sand gesteckt.«

»Eh … ja.«

Archie stößt mich mit der Schulter an. »Und, Herr Strauß, was tun wir jetzt?«

Ich ziehe das Logbuch aus meinem Rucksack. »Seid ihr bereit zu einem umgekehrten Einbruch?«

Der umgekehrte Einbruch

Einen umgekehrten Einbruch macht man so:

- Tu's nicht nachts, sondern tagsüber, wenn das Museum offen ist.
- Trage keine Biwakmütze und keine schwarze Kleidung, sondern ganz normale.
- Schmuggle das Logbuch unter deinem Hemd hinein, in einem Buchbeutel (einer Plastiktüte auf deiner Haut).
- Vergiss nicht, eine Eintrittskarte zu kaufen.
- Warte, bis keine Besucher mehr im Saal herumlaufen.
- Zwei Freunde stehen auf dem Flur Schmiere.
- Gehe sicher, dass niemand zuschaut. Lege dann das Logbuch in die Vitrine.
- Hau schnell ab.

»Es kann eigentlich wenig schiefgehen«, sagt Archie, als er mir die Plastiktüte mit Klebeband auf der Brust befestigt.

»Immer wenn du das sagst, geht dann doch etwas schief«, sagt Lela.

»Und wir finden doch wieder eine Lösung«, sage ich triumphierend. »Au! Zieh nicht so fest.«

Lela starrt die Buchtasche auf meiner Brust an. Sie zwinkert. Schnell ziehe ich mein T-Shirt wieder an. »Aber was ist, wenn man dich mit dem Logbuch erwischt?«, fragt sie. »Was ist, wenn sie den Direktor dazuholen?«

»Immer noch besser, als gar nichts zu tun. Ich muss es einfach probieren. Und wenn wir das Wattenmeer überfliegen und sogar in ein Gefängnis eindringen können, ist das hier doch ein Kinderspiel, oder?«

Wir haben Glück. Der Direktor ist nirgends zu sehen. Archie kauft drei Eintrittskarten, und kurz darauf stehen wir vor der hohen Tür des Salomon-Saals. Archie drückt die Tür ein Stück auf und späht hinein. »Keine Besucher, alles ist okay.«

Er und Lela stellen sich an beiden Seiten der Tür auf. Noch einmal spähe ich den Gang entlang, ob niemand kommt, dann stoße ich die Tür auf.

Kühles, blaues Licht scheint auf mich. Ohne zu zögern, gehe ich am Bootschlitten entlang, an dem geflochtenen Korb mit Salomons Ballon und an dem ausgestopften Eisbär, direkt zur Ecke mit der kaputten Vitrine. Ich schiebe die Hand unter mein T-Shirt, spüre die Plastiktüte ...

»Ich höre jemanden«, zischt Lela.

Ich taste, kann aber die Öffnung der Tüte nicht finden.

»Beeil dich!«

Fußstapfen im Flur. Ich fummle und suche, ich habe

noch ein paar Sekunden, meine Finger tasten und suchen, bleiben aber am Klebeband hängen.

»Was stehst du da rum?«, fragt Archie.

»Meine Finger hängen fest.«

Er eilt mir zu Hilfe. Die Fußstapfen sind jetzt ganz nah. Lela kommt auch schon in den Saal gerannt. »Verstecken, jetzt!«

Zusammen mit Archie flieht sie hinter den ausgestopften Eisbären, aber ich bleibe stehen. So kurz davor. Unser Plan darf nicht misslingen. Nicht durch so etwas Dummes wie ein paar Finger an einem pappigen Klebeband. Ich zerre, und endlich habe ich meine Finger wieder frei, meine Hand findet die Öffnung, ich ziehe das Buch unter meinem T-Shirt hervor, will es durch das Loch in der Vitrine stecken ...

»Was für ein Zufall!« Der Direktor. Er steht im Saaleingang, zusammen mit dem erstaunten Rufus. Sie tragen ein großes Schild. IN KÜRZE EINE NEUE AUSSTELLUNG, steht darauf, und: LASSEN SIE SICH ÜBERRASCHEN. Sie stellen das Schild auf den Boden.

Ich schaue auf das Logbuch in meiner Hand, ich schaue zum Direktor, der ruhig auf mich zukommt.

Erwischt. Fürchterlich erwischt.

»Sehr nett, dass du es zurückbringst. Deine Mutter ist eine gerissene Kriminelle, aber du hast wenigstens noch ein bisschen Moral.« Er reißt mir das Buch aus der Hand. Mit einem Griff dreht er seine Lesebrille nach vorn und beginnt wild zu blättern.

»Vorsichtig!«, sagt Rufus.

Der Direktor hält inne. Er deutet auf den Reißrand im Buch. »Was ist das?!

Ich mache einen Schritt rückwärts.

»Hier ist eine Seite herausgerissen worden.« Die Augen des Direktors glühen hinter seinen Brillengläsern. »Und du und ich wissen verdammt genau, um welche Seite es sich handelt.«

Ich schlucke. Meine Kehle ist trocken. »Was meinen Sie?«

»Es fehlt in diesem Buch eine Seite!«, zischt der Direktor.

»Ja, natürlich«, sagt Rufus. »Das Buch ist schrecklich zerschlissen. Bestimmt fehlen noch ein paar Seiten mehr. Das ist doch nichts Neues.«

»Misch du dich nicht ein!«, schnauzt der Direktor. Dann drückt er das Logbuch gegen meine Brust. »Wo ist die Seite?«

»Herr Dubbelman, seien Sie doch vorsichtig ...«

Der Direktor hält mir das Logbuch wie ein Messer an die Kehle. »Nun?«

Rufus schiebt den Arm des Direktors zur Seite. »Herr Dubbelman! Lassen Sie den Jungen in Ruhe.«

Ich reibe meine Kehle. Aus dem Augenwinkel spähe ich zu Archie und Lela, aber die haben sich gut versteckt.

Rufus legt mir eine Hand auf die Schulter. »Es ist doch fantastisch, dass er das Logbuch zurückbringt.«

Dubbelman fuchtelt mit dem Logbuch vor Rufus herum. »Aber es fehlt eine wichtige Seite!«

»Woher wissen Sie das?«

»Sara hatte etwas von einer Ölquelle erzählt. Die Seite

ist Millionen wert! Stell dir vor, was wir alles mit diesem Geld anfangen könnten.«

Rufus zieht die Stirn hoch. »Eine Ölquelle? Am Nordpol? Aber das ist doch ein ganz empfindliches Gebiet. Dort können Ölbohrungen ...«

Der Direktor rollt mit den Augen. »Was macht das schon? Dort lebt ja niemand.«

»Und was ist mit den Seehunden und den Walrössern?«

»Rufus«, stößt der Direktor zwischen den Zähnen hervor, »es geht hier um Millionen ...« Er läuft rot an.

»Aber Herr Dubbelman, dieses Logbuch ist eines unserer schönsten Ausstellungsstücke! Ich bin froh, dass es wieder zurück ist, und ...«

»Froh?«, poltert Dubbelman so laut, dass es durch den Saal hallt. Zwei Damen lugen neugierig um die Tür.

»Ich – bin – nicht – froh!«, schreit er. Seine Brille zittert. »Ich will diese Seite! Der Rest des Logbuchs kann mir gestohlen bleiben!«

Und dann wirft er das Logbuch hin. Es fällt auf dem Boden auseinander und die Seiten wirbeln wie große Schneeflocken durch den Saal. Die Damen schlagen erschrocken die Hand vor den Mund.

Rufus streckt hilflos die Arme nach den Seiten aus. »Was haben Sie getan?« Er sinkt in die Knie und beginnt vorsichtig, die Seiten aufzusammeln.

Der Direktor kommt auf mich zu. »Du wirst mir jetzt sagen, wo die Seite ist. Sofort.« Seine Stimme klingt kalt und scharf. (Er erinnert an die Zombies aus Clara

Claw.) Ich stolpere rückwärts, stoße mit dem Arm gegen eine Vitrine und erwische fast den Eisbären. Dubbelman ist jetzt ganz nahe ... Und dann passiert etwas Unglaubliches.

Der Eisbär wird lebendig.

Zumindest ... denke ich das eine Sekunde lang. Und dann sehe ich Archie und Lela, die von hinten schieben. Der Bär schwankt nach vorn ... und fällt.

Die unbekannten Erfinder

Es hat sich so schön angehört: Logbuch zurück, Mama frei. Aber auch das ist misslungen. Das Logbuch ist kaputt. Und Mama muss noch monatelang sitzen.

Nachdem mich der Eisbär gerettet hat, sind Archie, Lela und ich aus dem Museum geflohen. Rufus mussten wir mit seinen Blättern zurücklassen, das tat mir leid.

Als wäre das nicht genug, liefen wir an der Kasse dem Ölmann in die Arme. Er war genauso überrascht wie wir. »Ro?« Er schaute sich schnell um, vermutlich um zu sehen, ob mein Vater in der Nähe war. »Ich habe eigentlich eine Verabredung mit dem Direktor«, sagte er grinsend. »Aber du kannst mir bestimmt noch eher helfen ...«

»Dubbelman liegt im Salomon-Saal«, sagte ich. »Unter einem Eisbären. Und wenn sie das Logbuch suchen ... Das liegt auch dort. Hundert lose Seiten.«

Sein Mund ging auf. Und wir glitten an ihm vorbei nach draußen.

Soll er doch suchen. Seine Millionenseite würde er nie im Leben finden.

Eine Woche nach unserem umgekehrten Einbruch steht Rufus auf der Schwelle. »Ro, ich möchte mich im Namen des Museums bedanken«, sagt er.

Er erzählt, dass er der Polizei alles erklärt habe. Darüber, wie ich das Logbuch zurückgebracht und der Direktor es kaputt gemacht habe. Das Museum ist immer noch damit beschäftigt, es zu restaurieren. Und Dubbelman ist entlassen worden.

»Ich hätte nie geglaubt, dass Sara es wirklich gestohlen hat«, sagt Rufus mit einem Seufzer. Er beugt sich zu mir. »Und ich habe keine Ahnung, ob das mit der Seite wahr ist, und das macht mir nichts aus, aber dann verstehe ich doch, warum sie es stehlen musste ...« Er zwinkert mir zu. »Und dann kapiere ich auch, warum du es heimlich getan hast ... Der Direktor sollte es nicht merken ...«

Ich sage nichts.

»Aber es ist ein Glück, dass wir dich mit dem Logbuch gesehen haben, sonst hätten wir nie gewusst, wer es zurückgebracht hat. So konnte ich ein gutes Wort für deine Mutter einlegen.«

»Für meine Mutter?«

»Natürlich! Dass ihr der Diebstahl leidtut und dass sie ihren Sohn gebeten hat, das Logbuch zurückzubringen.«

Ich blinzle.

»So war es doch, nicht wahr? Kommst du heute Nachmittag eigentlich zur Eröffnung der neuen Ausstellung? Die wird dir bestimmt gefallen.« Er steckt mir einen Stapel Eintrittskarten zu und verabschiedet sich.

Ich stehe da, die Karten in der Hand. Also wirklich.

Ich habe eigentlich genug vom Museum. Aber nun, da der Direktor entlassen ist, traue ich mich wieder.

Archie und Lela gehen auch mit. Und Papa.

Also stehen wir am Nachmittag auf den Stufen des Museums. Es ist voll. Vor der Kasse drängen sich viele Menschen, ich entdecke sogar einige Fotografen. In der Halle hängen große Plakate mit: ERÖFFNUNG EINER NEUEN AUSSTELLUNG. Wir folgen den Schildern und dann sehen wir es:

SAAL DER UNBEKANNTEN ERFINDER

Vor dem Eingang sind eine Menge Rücken zu sehen. Lela nimmt meine Hand und drückt sich an den Menschen vorbei, und als ich sehe, was in dem Saal hängt, platze ich fast vor Überraschung.

Denn da, mitten in dem großen Saal, schwebt, mit Stricken an der Decke befestigt, unser Ballon. In allen Farben und mit dem Heukorb und allem Drum und Dran. Sogar die Drohne hängt da, an einem Draht. (Das aufgerissene Loch ist mit durchsichtigem Plastik beklebt, als Fensterchen.)

Vor dem Ballon steht Rufus. »... freuen uns besonders über diese Neuerwerbung«, hören wir ihn sagen. »Es ist eine unserer größten Erfindungen, und die einzige, von der wir nicht wissen, wer der Erfinder ist! Der Finder dieses Fast Brillanten Zeltballons hat ihn aus dem Wasser gefischt und dem Museum geschenkt. Er weiß auch nicht mehr, wo genau er ihn gefunden hat, also haben wir nicht den geringsten Hinweis auf seine Herkunft. Es bleibt ein großes Rätsel.« Rufus' Augen funkeln.

»Tja«, brummt jemand neben mir und ich schaue zur Seite. Der Fährmann. »Ich habe nicht gewusst, was ich mit ihm anfangen sollte. Hoffentlich sind die Erfinder damit einverstanden, dass ihr Ballon jetzt im Museum hängt ...« Er zwinkert mir zu.

»Bestimmt«, antworte ich grinsend.

»Es ist ein besonders schönes Beispiel für Recycling«, fährt Rufus fort. »Denn dieser Ballon besteht aus siebenunddreißig gebrauchten Nylonzelten. Wochen, Monate muss daran gearbeitet worden sein, vermutlich von mehreren Personen. Die geheimnisvollen Arbeiter haben sich auch eine geniale Methode zum Steuern ausgedacht, etwas, was bei einem Ballon fast unmöglich ist. Salomon Andrée, im Saal gegenüber, hat es früher mit einem Segel und Hunderten Meter Seil versucht, hatte aber große Probleme damit. Die Schöpfer dieses Ballons haben eine einfachere Methode gefunden und dazu nichts gebraucht als ein Seil und ein Spielzeug.«

Im Saal blitzen Fotoapparate. Archie legt mir die Hand auf die Schulter. Seine Augen glühen wie Scheinwerfer. »Unsere Erfindung im Museum ...«, flüstert er, »das habe ich mir nur im Traum erhofft. Und jetzt ist es gelungen ... Es ist ... aus Versehen geglückt.«

Lela grinst und ihre Zahnspange glitzert wie eine Discokugel. »Das ist vielleicht noch schöner als fliegen«, sagt sie. »Oder?«

Und sie lacht mir so zu, dass mein Bauch ein bisschen anfängt zu fliegen. Nur ein bisschen.

Papa stellt sich hinter mich. Der Unterkiefer hängt ihm fast bis zu den Knien. »Also ... Es war also doch wahr! Die ganze Geschichte darüber, wie ihr zur Insel ...«

»Pssst!«, zischen wir alle drei.

Erschrocken schlägt sich Papa die Hand vor den Mund und schaut sich um. Aber niemand achtet auf ihn. Alle schauen zu Rufus und betrachten unsere Erfindung. Unsere fast brillante Erfindung.

Aus Versehen geglückt

Nach dem Museumsbesuch radle ich zusammen mit Papa zurück. Die Sonne steht tief und wirft lange Schatten auf die Straße. Papa fragt mir ein Loch in den Bauch, darüber, wie wir den Ballon gemacht haben und wie wir ihn in die Luft bekommen haben und ob es nicht unheimlich war ... Ich erzähle, und er hört zu. Vielleicht liegt es auch an der Sonne in seinem Gesicht, aber seine Augen sehen anders aus. Heller. Ich erzähle und erzähle und spüre den Wind im Rücken, und wenn ich vor mich schaue, sehe ich, dass unsere Schatten gleich lang sind.

»Ro«, stottert Papa und ich habe auf einmal das Gefühl, als summe ein kleiner Motor in meinem Bauch. »Ro ... Ro ...« Er starrt mich so durchdringend an, dass er fast gegen einen Laternenpfahl fährt.

Am Freitag liegt ein Brief auf der Matte. Papa hebt ihn hoch und verzieht das Gesicht. »Vom Gericht«, sagt er. »Das ist immer ein Mordstheater.«

»Mach doch auf«, sage ich. Aber Papa starrt den Brief an, als wäre er ein Teller mit dampfendem Rosenkohl.

Ich nehme ihm den Brief aus der Hand und reiße ihn auf.

»Betrifft: Verurteilung wegen des Diebstahls eines Museumsgegenstands.« So fängt er an. Meine Augen fliegen förmlich über die Buchstaben. Es sind lange Sätze mit schwierigen Wörtern, wie: »Die Polizei hat festgestellt, dass die Verurteilte das gestohlene Objekt zum rechtmäßigen Eigentümer zurückbringen ließ.« Und: »Das Gericht findet es fraglich, dass die Verurteilte ihren minderjährigen Sohn dafür eingesetzt hat.« Und: »Obwohl das Gericht noch immer davon überzeugt ist, genügend Beweise dafür zu haben, dass S. Mosterd sich des Einbruchs und des Diebstahls schuldig gemacht hat, bezeugt diese Aktion ihre Reue. Die Verurteilung und die Strafe werden daher revidiert.«

Meine Augen bleiben an den letzten Sätzen hängen. »... wurde eine Strafminderung beschlossen, S. Mosterd wird am 15. 11. entlassen. Sie wird mit der Fähre auf das Festland gebracht.«

»Das ist nächste Woche!«, rufe ich.

Papa erschrickt. »Was?«

»Dass Mama freikommt! Sie kommt frei!«

Papa packt den Brief und dann mich. Und danach tanzen wir durch das Zimmer, wir springen und schlagen Saltos auf dem Sofa und zerreißen Zeitungen in kleine Fetzen und stellen den Ventilator an, sodass die Fetzen wie Konfetti durch den ganzen Raum fliegen.

Mit ausgebreiteten Armen und geschlossenen Augen stemme ich mich gegen den Fetzenschneesturm. Und während Papa jubelt und der Ventilator summt und die Fetzen in mein Gesicht wehen, denke ich: Ich bin der glücklichste Versager. Unser erster Versuch mit dem Elektromobil – ging voll in die Hose. (Aber dadurch haben wir Lela für uns gewonnen.) Unser Befreiungsversuch mit dem Ballon – auch schiefgegangen. Sogar unser umgedrehter Einbruch war ein Flop.

Ich liebe Flops.

Ohne sie ist es langweilig. Dank unserer Flops hängt unsere Erfindung jetzt in einem Museum. Zufällig.

Schau, Dinge können gelingen. Und Dinge können schiefgehen. Und manchmal, wenn man Glück hat, kann auch etwas zufällig gelingen. Das weiß man im Voraus nie. Man muss es einfach ausprobieren.

Simon van der Geest:
Das geheime Logbuch,
das magnetische Mädchen
und eine fast brillante Erfindung
978 3 522 18454 0

Aus dem Niederländischen von Mirjam Pressler
Gesamtausstattung: Kerstin Meyer
Einbandtypographie: Suse Kopp
Innentypographie: Angelika Schön
Schrift: Rotis Serif
Satz: Angelika Schön
Reproduktion: Digitalprint GmbH, Stuttgart
Druck und Bindung: GGP Media GmbH, Pößneck

FSC www.fsc.org
MIX
Papier aus verantwortungsvollen Quellen
FSC® C014496

EIN ABENTEUER DER EXTRAKLASSE

Matthew Baker

Diebe, Lügner und Helden wie wir

368 Seiten · Gebunden
ISBN 978-3-522-18423-6

Ob es ihn wirklich gibt, den Familienschatz, von dem Großvater Rose erzählt hat? Zusammen mit seinen Freunden Zeke und Jordan verfolgt Nicholas die Spuren und Zeichen. Ihre Jagd nach dem Schatz führt sie zu einer mysteriösen Wahrsagerin, sie suchen ein geheimnisvolles Schiffswrack und wagen sich in den verbotenen Schmugglertunnel. Doch welchen Hinweisen können sie vertrauen? Für Nicholas steht viel auf dem Spiel. Denn ohne den Schatz könnte er nicht nur sein Zuhause verlieren, sondern noch viel mehr als das.

THIENEMANN
Wir schreiben Geschichten!

www.thienemann.de